Fantômette

au carnaval

GEORGES CHAULET

Illustrations : Laurence Moraine.

Hachette Livre, 43 quai de Grenelle, 75015, Paris.

Fantômette

au carnaval

GEORGES CHAULET

hachette
JEUNESSE

Françoise

Sérieuse et travailleuse, Françoise est une élève modèle qui se passionne pour les intrigues. Vive, pleine de bon sens et intrépide, n'aurait-elle pas toutes les qualités d'une parfaite justicière ?

Ficelle

Excentrique, Ficelle collectionne toutes sortes de choses bizarres. Malgré ses gaffes et son étourderie légendaire, elle est persuadée qu'elle arrivera un jour à arrêter les méchants et à voler la vedette à Fantomette...

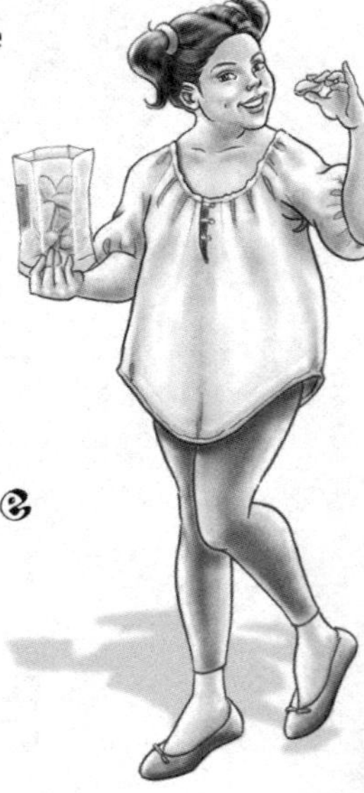

Boulotte

Gourmande avant tout, elle se moque pas mal du danger... tant qu'il y a à manger !

Mlle Bigoundi

Si elle apprécie Françoise, l’institutrice s’arrache souvent les cheveux avec Ficelle et lui administre bon nombre de punitions. Que penserait-elle si elle était au courant des aventures des trois amies !?

Œil de Lynx

Reporter, il suit de près les méfaits des bandits. Il est le seul à connaître la véritable identité de Fantômette et n’hésite pas, à l’occasion, à lui filer un petit coup de main !

Hachette Livre, 43, quai de Grenelle, 75015 Paris.

chapitre 1

Il court, le furet

« ... Et nous signalerons, pour terminer ce bulletin d'informations, le dernier exploit de Fantômette, la fameuse justicière qui poursuit sans relâche les voleurs et bandits de toute espèce. Cet après-midi, vers dix-huit heures, trois cambrioleurs ont pénétré dans la manufacture de mirlitons de Framboisy et ont tenté de forcer le coffre-fort qui se trouve dans le bureau du directeur, M. Barnabé Barbemolle. Ils allaient y parvenir, lorsqu'une voix de jeune fille leur a crié : "Je ferme la porte à cause des courants d'air ! Je ne veux pas que vous vous enrhumiez !" Et Fantômette

– car c'était bien elle – les a enfermés à double tour. Puis elle a téléphoné à la gendarmerie et a prévenu M. Barbemolle, qui se trouvait au premier étage. Sans attendre l'arrivée des gendarmes, le directeur s'est précipité dans son bureau pour rosser les bandits, qui ont mal pris la chose et ont engagé un véritable combat de boxe. Fantômette est venue en aide au directeur, et la bagarre était parvenue à son point culminant, quand le brigadier Pivoine et le gendarme Lilas sont entrés dans la pièce, pistolet au poing, et ont procédé à l'arrestation des malfaiteurs. Il s'agit d'un trio bien connu de la police : un colosse surnommé Bulldozer ; un élégant cambrioleur qui se donne le titre de prince d'Alpaga ; et le chef de la bande, un individu rusé qui se fait appeler le Furet.

« Au cours de son transfert à la prison de Framboisy, ce dernier a réussi à déjouer la surveillance des gendarmes et à prendre la fuite... »

Fantômette tourne le bouton du transistor d'un coup sec.

« Les maladroits ! Ils l'ont laissé échapper... C'est rageant ! Je prends le soin de leur présenter des voleurs sur un plat d'argent, bien préparés, bien mijotés... et ils les laissent s'envoler ! »

Elle va s'accouder à la fenêtre, le menton sur les poings. La nuit est noire sous un plafond de nuages. Une à une, les lumières de Framboisy s'éteignent. Le clocher sonne dix fois, lentement.

« Le Furet leur a glissé entre les mains... Dans le fond cela ne m'étonne pas. Il est malin comme un vieux renard. Il est insaisissable. Je crois bien même qu'on n'a jamais réussi à l'arrêter. Cette fois-ci, pourtant, je pensais bien que ça y était ! Maintenant, tout est à recommencer. Car je compte pour rien les deux complices. Bulldozer ? Bah ! Il est grand, fort et bête. Pas plus de cervelle qu'une brique. Quant au soi-disant prince d'Alpaga, son unique souci est le pli de son pantalon. Ces deux-là ne sont pas dangereux. Mais le Furet... oui, celui-là est un adversaire qu'il faut prendre au sérieux. Ce n'est pas un débutant. Et si je veux l'attraper de nouveau... »

Elle quitte la fenêtre, se met à marcher de long en large, les mains derrière le dos. Elle réfléchit.

« Si je veux l'attraper, il faut d'abord que je devine ce qu'il va faire. Peut-être voudra-t-il se cacher pendant quelque temps, se rendre dans une autre ville... Dans ce cas, il sera difficile de le retrouver. Il n'a pas l'habitude de laisser des traces. Ou alors... il est possible qu'il cherche à faire évader ses complices. Ils opèrent toujours tous les trois ensemble... Il ne voudra pas rester seul... Il faudra que je veille au grain. Quand il essaiera d'entrer en communication avec eux, je pourrai, peut-être, le coincer. À moins que... enfin, on verra bien ! Pour l'instant, je vais m'occuper d'une question beaucoup plus importante : je mets un pyjama jaune à pois rouges, ou un blanc à fleurs bleues ? »

Cinq minutes plus tard, Fantômette est au lit, endormie. Avec un pyjama de soie noire brodée d'or.

chapitre 2

Le carnaval de Framboisy

— Vous avez vu le char des horticulteurs ? demande la grande Ficelle. Moi, je l'ai vu ! C'est un énorme pot de géraniums en carton-pâte ! Et les maroquiniers, vous savez ce qu'ils ont fait ? Un crocodile ! Un crocodile aussi grand qu'un tyrannosaure !

— Pourquoi un crocodile ? demande la rondelette Boulotte.

— À cause des sacs en croco. Tu sais, comme le cartable que j'avais l'année dernière en plastique bleu. Tu te souviens ? Eh bien, la peau de crocodile, ça imite tout à fait le plastique.

Elles sont trois filles au pied d'un char représentant un moulin à vent. La grande Ficelle, Boulotte-la-gourmande, et la brune Françoise. Le char est en cours de construction, dans la cour d'une boulangerie-pâtisserie. La base est constituée par un châssis de voiture camouflé sous un tapis de fleurs en papier. Le moulin est une tour en toile peinte imitant la pierre, et les ailes, formées d'un léger treillis de bois, sont recouvertes de cellophane rouge. On peut les faire tourner depuis l'intérieur de la tour, au moyen d'une manivelle. Le tout est surmonté par un toit pointu percé de fenêtres d'où l'on peut lancer des confettis. Sur le devant du véhicule, une pancarte façonnée en forme de gâteau à la crème porte la mention : Syndicat des Boulangers-Pâtissiers de Framboisy, car chaque corps de métier est représenté dans le grand défilé de chars qui constitue une des plus importantes attractions du carnaval.

— Et le char des cordonniers, reprend

Ficelle, vous l'avez vu ? C'est un soulier formidable, tout creux, qui ressemble à une maison. Il y a un soulier comme ça dans je ne sais plus quel conte...

— La Mère Gigogne, précise Françoise. Elle vivait, en effet, dans une chaussure, avec une ribambelle d'enfants.

— Moi, dit Boulotte, je trouve que le plus beau char, c'est celui des charcutiers. C'est un cochon aussi gros qu'un bœuf. Il est tout ficelé avec des chapelets de saucisses et il remue la queue... C'est un char qui met en appétit...

Elle dit, et engouffre dans sa bouche la moitié d'un croissant qu'elle vient d'acheter à la boulangerie. La conversation est interrompue par la venue d'une fille vêtue de rouge, dont les cheveux noirs sont coiffés à la Jeanne d'Arc. Elle arrive en courant et s'arrête, en faisant de grands gestes.

— Que t'arrive-t-il ? demande Ficelle. On dirait que tu es poursuivie par un bataillon de diables verts.

— Non, non ! Ce n'est pas ça ! C'est bien pire. Je vous ai cherchées partout pour vous dire la nouvelle. Ah ! Si vous saviez ! Vous ne devinerez jamais...

— Dis vite ! s'écrie Ficelle.

— Voilà. Il faut que je commence par le commencement. Vous savez que mon père dirige la manufacture de mirlitons...

— Oui, oui ! Et on sait que tu t'appelles Annie Barbemolle. Ensuite ?

— Alors, voilà. Hier soir... enfin, juste à peu près un peu avant le dîner...

— Un peu beaucoup avant, demande Françoise en souriant, ou beaucoup un peu après ?

— Si tu m'interromps, je ne pourrai pas vous expliquer.

— Bon, continue.

— Eh bien, figurez-vous que des cambrioleurs sont entrés dans le bureau de papa !

— Non !

— Si ! Et papa les a surpris pendant

qu'ils ouvraient le coffre-fort. Et, pan ! il leur a tapé dessus jusqu'à ce que les gendarmes arrivent.

— Il est courageux, ton père ! affirme Ficelle.

— Oh ! oui. Il n'a peur de rien ! Et quand le chef des voleurs a dit qu'il se vengerait, mon papa lui a ri au nez. Un nez qui était drôlement aplati, vous savez, parce que papa lui avait donné un joli coup de poing dessus. Seulement, l'ennuyeux, c'est que ce chef en question s'est échappé... Mais je ne vous ai pas tout dit. Devinez comment mon père a su qu'il y avait des voleurs dans son bureau ?

— Il l'a lu dans les journaux ! dit Françoise ironiquement.

— Ce que tu es bête ! Il a été averti par Fantômette. Oui, mes petites !

Il y a un instant de silence, ponctué par des « oh ! » de surprise. Le nom de Fantômette produit toujours un gros effet sur l'esprit des filles. C'est un véritable culte qu'elles vouent à la jeune justicière, dont elles admirent les exploits sans cesse renouvelés.

— Mais, dit la grande Ficelle, comment Fantômette savait-elle que des cambrioleurs se trouvaient dans la manufacture ?

— Ça, je ne peux pas te le dire. Mais Fantômette a l'air d'être au courant de tout ! Je me demande comment elle s'y prend...

— Elle doit être très intelligente. Peut-être encore plus que moi !

Françoise éclate de rire.

— Cela ne doit pas être bien difficile !

Indignée, Ficelle va pour faire un drame, mais Annie l'interrompt :

— Si vous venez à la manufacture, je vous ferai voir l'endroit où se trouvaient les cambrioleurs, et le coffre-fort...

— Oh ! oui.

L'idée plaît aux filles, qui sautent de joie. Elles quittent la cour de la boulangerie et s'engagent dans les rues de la ville, qui a un petit air de fête. Des guirlandes de papier et des lampes électriques de couleur joignent entre eux les réverbères auxquels on a accroché des pancartes annonçant :

GRAND CARNAVAL
DE FRAMBOISY
Vendredi 13 mars
Grand Concours de Cotillons

Samedi 14 mars
Grand Défilé de Chars
et
Grande Bataille de Fleurs

Dimanche 15 mars
Inauguration de la Grande Statue
De Barnabé Barbemolle
suivie d'un
Grand Feu d'Artifice
et d'un
Grand Bal

La grande Ficelle désigne l'affiche et déclare :

— Vous avez vu qu'il y a un concours de cotillons, demain ? Moi, je vais m'y présenter ! J'ai déjà préparé mon déguisement.

— Moi aussi, dit Boulotte, je vais le faire, ce concours ; et j'ai un costume tout prêt.

— Et moi aussi ! annonce Annie, et toi, Françoise ?

— Moi ? Je peux également me déguiser...

La grande Ficelle paraît assez étonnée de voir que ses amies ont eu la même idée qu'elle. Cependant, elle se ressaisit et affirme :

— Vous faites aussi le concours, mais vous n'aurez sûrement pas le même déguisement que moi. J'ai eu une idée de génie ! Une idée mirifique ! Je suis sûre d'être la seule à avoir le cotillon que j'ai imaginé.

— Ah ? dit Boulotte, moi aussi j'ai un

costume original, auquel personne n'a dû penser.

La grande Ficelle secoue la tête en faisant la moue.

— Ce serait bien extraordinaire, que vous ayez eu la même idée que moi. Enfin, je veux bien vous dire ce que c'est. Je vais me déguiser en...

— En quoi ? demande Annie.

— Eh bien, devine !

— Oh ! je n'ai pas envie de me casser la tête avec des devinettes ! Tiens, je vais te dire en quoi je me déguise, moi. En Fantômette.

— Moi aussi ! s'écrie Boulotte.

— Et moi également, dit Françoise.

Ficelle ouvre la bouche en arrondissant ses yeux.

— Comment ! Vous vous déguisez toutes en Fantômette ! Mais c'est pas de jeu ! Vous ne devriez pas ! Vous copiez sur moi...

Les autres se mettent à rire en voyant sa

mine déconfite. Elle tape du pied et boude pendant dix bonnes secondes. Puis, comme elle a autant de suite dans les idées qu'un chien de trois mois, elle pense à autre chose :

— Dis donc, Annie, comment est-elle, la statue de ton père ?

— Je ne peux pas te le dire, c'est un secret. Tu ne pourras la voir que le jour de l'inauguration.

— Et où va-t-on la mettre ?

— Sur la place Théodore-Théophile, juste devant la manufacture de mirlitons.

Cinq minutes plus tard, les filles arrivent sur cette place, et Annie désigne l'emplacement, encore vide, où s'élèvera la statue de son père.

Il n'est pas inutile de préciser pour quelles raisons un citoyen de Framboisy se doit de bénéficier d'un tel honneur.

M. Barnabé Barbemolle est le fondateur de l'importante usine de mirlitons qui constitue pour la ville une véritable richesse. Entreprise importante, puisqu'elle emploie près de deux cents personnes, qui ne fournit pas seulement des mirlitons à l'Europe tout entière, mais aussi des masques de Mardi gras, des serpentins et confettis, des accessoires de cotillons et des farces et attrapes. Le fluide glacial s'y fabrique à l'hectolitre, et la poudre à éternuer à la tonne.

La création de la manufacture date d'une époque où le chômage sévissait dans la région de Framboisy, et cette apparition d'emplois nouveaux a été accueillie par les habitants comme une véritable bénédiction.

M. Barnabé Barbemolle peut donc à juste titre être considéré comme un bienfaiteur pour la commune. D'ailleurs, ce qualificatif n'est pas pour lui déplaire, et lorsqu'il a été question d'ouvrir une souscription pour lui élever une statue, il s'est inscrit en tête de liste pour une somme considérable.

La statue a été commandée à un sculpteur parisien de talent, Miquelange Molitor, qui est venu photographier M. Barbemolle sous tous les angles. Muni de ces documents, il a travaillé pendant trois mois dans son atelier de Saint-Germain-des-Prés. La statue devait arriver d'un moment à l'autre par le train, et l'inauguration se fera, ainsi que l'annoncent les affiches, dans l'après-midi du dimanche 15 mars.

Sous la conduite d'Annie, les filles pénètrent dans la manufacture par le grand portail. Annie va frapper à la porte du bureau directorial.

— Papa, ce sont des amies qui voudraient voir le coffre-fort...

— Qu'elles entrent ! Mesdemoiselles, soyez les bienvenues.

M. Barbemolle est un homme grand, fort et souriant. Sa barbe n'est ni molle ni dure, car il n'en porte pas. En revanche, son visage s'agrémente d'une très belle paire de moustaches.

Cette visite imprévue interrompt son travail, mais comme c'est un homme fort courtois (sauf à l'égard des cambrioleurs), il se fait un plaisir de faire visiter son bureau, en donnant force explications sur la manière employée pour infliger une correction aux bandits.

— Je dois même avouer que j'aurais mieux fait de les laisser là où Fantômette les avait enfermés, car cela aurait pu tourner mal pour moi. Et si cette jeune fille ne m'avait donné un coup de main, j'aurais peut-être succombé avant l'arrivée des gendarmes. J'ai l'impression qu'elle a dû pratiquer le jiu-jitsu ; elle s'est attaquée à Bulldozer et l'a mis par terre je ne sais trop comment. Et pourtant il est dix fois plus lourd qu'elle.

— Je suppose, dit Françoise, qu'elle lui a tordu le petit doigt. C'est une prise à laquelle personne ne peut résister.

— Hum !... oui, ce doit être quelque chose de ce genre. En tout cas, si elle ne m'avait pas prévenu qu'il y avait des cambrioleurs dans ce bureau, la paie du personnel se serait envolée une fois de plus. Je dis une fois de plus, car le fait s'est déjà produit il y a quelques mois ; et là encore, c'est grâce à Fantômette que l'argent a pu être récupéré[1]. Tenez, vous voyez le coffre-fort ? Ces canailles avaient commencé à le découper au moyen d'un chalumeau.

— Mais, demande Ficelle, pourquoi ont-ils opéré en plein jour ? Moi, quand je volerai la Banque de France, j'irai la nuit !

M. Barbemolle se met à rire :

— Vous vous ferez prendre aussi bien la nuit que le jour ! Ils ont certainement cru que j'étais parti au moment de la fermeture des ateliers. Mais comme nous sommes à la veille du carnaval et qu'il y a beaucoup de travail supplémentaire pour préparer les serpentins et les confettis, je me suis attardé au premier étage, où je contrôlais des fiches de commande.

1. Voir *Fantômette contre le hibou.*

— Et quand vous avez vu Fantômette, vous avez dû être particulièrement surpris ?

— À vrai dire, pas tellement. Quand j'ai vu arriver cette espèce de lutin jaune et rouge, j'ai d'abord cru qu'il s'agissait d'Annie – une de mes ouvrières lui a confectionné un costume de Fantômette. Mais quand il a été question de cambrioleurs, j'ai compris que j'avais affaire à la véritable Fantômette.

Le directeur bavarde encore quelques instants avec ses jeunes visiteuses, qui prennent congé sans trop s'attarder. Il leur serre la main en disant :

— Je vous réserverai des places pour assister à l'inauguration de ma statue. Ne manquez pas cela, ce sera le clou du carnaval !

— Et maintenant, annonce Annie, vous allez avoir une surprise. Je vais vous faire voir Sa Majesté Carnaval.

Elle emmène ses amies dans une cour où les ouvriers de la manufacture travaillent à un char géant, sur lequel est assis un gros bonhomme de carton-pâte, souriant et coiffé d'une couronne dorée. D'une main, il tient une framboise aussi grosse qu'une citrouille (la framboise figure dans les armes de la ville), et de l'autre un mirliton qui a la dimension d'un tuyau de poêle. Annie demande :

— Il vous plaît, le roi ?

— Il a une bonne figure, approuve Boulotte, et des joues bien rondes. Il doit manger de bon appétit.

— Oh ! il n'avale que des pétards et des fusées ! On y mettra le feu dimanche soir. Vous verrez, ce sera joli comme tout !

— On pourra grimper dessus ? s'informe Ficelle.

— Bien sûr !

— Mais on pourra descendre avant qu'il ne brûle ?

— Il vaudra mieux, dit Françoise, à moins que tu ne veuilles ressembler à Jeanne d'Arc...

— C'est tout de même dommage de brûler un aussi joli bonhomme. J'aimerais bien en avoir un comme ça à la maison. Ce serait décoratif.

— Oui. Et presque pas encombrant !

— Ah ! c'est vrai... je ne saurais pas où le mettre... dommage !

Sur le chemin du retour, la grande Ficelle ne cesse de penser à l'effigie de sire Carnaval. Rentrée dans sa chambre, elle prend une feuille de papier, des crayons de couleur et dessine un portrait de l'imposant personnage, qu'elle accroche au-dessus de son lit.

C'est un horrible barbouillage qui donnerait des cauchemars à un vampire, mais Ficelle le tient pour le plus beau tableau du monde.

chapitre 3

Bulldozer et le prince d'Alpaga

Au centre d'une vaste cour entourée de hauts murs s'élève un bâtiment rectangulaire aux fenêtres fermées par des barreaux de fer : la prison de Framboisy. Au-dessus du portail est gravée – comme sur tous les bâtiments d'État – la devise : Liberté-Égalité-Fraternité.

Mais la liberté est sans doute ce qui manque le plus aux pensionnaires, dont l'horizon se réduit à un ensemble de froides murailles.

Ils sont tous vêtus du même costume uniforme, jaune à rayures noires, qui les fait ressembler à des zèbres. En dehors des heures où ils sont enfermés dans leurs cellules, les prisonniers sont astreints à de menus travaux, faciles mais monotones. Ces travaux sont de deux ordres, l'un artistique, l'autre non. Le travail considéré comme « artistique » consiste à peindre des points noirs sur des dominos. Les nouveaux venus sont, en général, affectés à la décoration des doubles-six. Au bout de quelques mois de détention, ils peuvent peindre des doubles-cinq, puis des quatre-trois. Les prisonniers les plus anciens bénéficient de dominos très simples, tels que des deux-blanc, ou des doubles-un. Le plus vieux pensionnaire de la prison, un criminel qui purge vingt années, a le privilège de peindre le double-blanc. C'est dire que ses journées ne sont pas trop chargées.

Le travail « non artistique » est celui de la fabrication de confettis, que la manufacture de M. Barbemolle achète pour un prix modique. Afin que les prisonniers soient occupés le plus longtemps possible, les confettis sont faits à la main, un par un, au moyen d'une pince analogue à celle qui servait naguère à poinçonner les tickets de métro.

Dès leur incarcération, Bulldozer et le prince d'Alpaga sont affectés à la section confettis. Ce qui les rend furieux.

— Et dire, s'écrie Bulldozer, que je vais être obligé de travailler pour ce brigand de Barbemolle, alors que c'est à cause de lui que je suis enfermé ici !

Le prince d'Alpaga éprouve les mêmes sentiments, mais il se contient, s'efforçant de joindre l'élégance verbale à l'élégance physique. Il déclare :

— Mon très cher ami, ne vous emportez donc point. Sachez que notre détention, très regrettable certes, n'est que provisoire. Nous devons accorder notre entière confiance à notre chef, le Furet, dont la ruse n'a d'égale que la subtilité.

— Bah ! Tout ça, c'est des balivernes ! Nous voilà dans le trou, et pour un bon bout de temps !

Le prince hoche la tête légèrement pour ne pas déranger les ondulations de sa coiffure. Il pince le pli de son pantalon rayé – il porte son costume de bagnard avec tant d'aisance qu'on dirait un pyjama –, époussette sa manche d'une pichenette, vérifie, en fermant un œil, que le dernier confetti qu'il vient de faire est parfaitement rond et affirme :

— Mon cher, je suis persuadé qu'avant trois jours nous serons hors de ces murs. C'est plus qu'une conviction, c'est une certitude.

— Ah, bah ! Et pourquoi ?

— Parce que notre chef ne peut se passer de nous. Depuis la formation de notre honorable équipe, nous avons toujours agi ensemble, le Furet, vous et moi. Et je suis prêt à parier une épingle de cravate qu'il va faire son possible pour nous ouvrir les portes de cet établissement. Un endroit charmant, assurément, mais où il serait peu sage de s'attarder.

— Ah ? Et comment va-t-il s'y prendre, le patron, pour nous ouvrir les portes ? Tu le sais, toi ?

— Non, mon cher. Je l'ignore. Mais je vous engage à attendre patiemment. Peut-être se produira-t-il un fait nouveau lorsque nous aurons rejoint nos cellules.

— Je voudrais bien que ça ne tarde pas trop...

— Silence !

Un gardien vient de s'approcher pour faire taire les deux prisonniers. Il examine le petit tas de confettis qui se trouve devant eux et grogne :

— Vous devez faire au minimum 80 000 confettis par jour ! Sinon, vous serez privés de dessert ! Vous n'avez pas le temps de vous amuser !

Le poinçonnage se poursuit, monotone, jusqu'au soir. Les prisonniers réintègrent leurs cellules où on leur apporte un plat de lentilles. Bulldozer grogne :

— Des lentilles ? Pouah ! ça ressemble à des confettis !

Il les mange néanmoins, et fort gloutonnement. Le prince, au contraire, les prend délicatement et les déguste comme si c'était du caviar.

— Exquises, ces lentilles... si ce n'était un manque de beurre et un excès de cailloux on croirait...

Bing ! Clang !

Un carreau de la fenêtre vole en éclats, traversé par un projectile qui tombe aux pieds des prisonniers. C'est une longue et mince flèche de bois autour de laquelle est enroulée une feuille de papier serrée par un élastique.

— Qu'est-ce que c'est, cette flèche ? grommelle Bulldozer en la ramassant.

À cet instant, un bruit de pas se fait entendre dans le couloir. Attirés par le bris de la vitre, les gardiens s'approchent.

Rapidement, le prince d'Alpaga arrache la flèche des mains de son compagnon et la dissimule sous un lit. Le guichet s'ouvre et le visage soupçonneux d'un gardien apparaît.

— Qu'est-ce qui se passe là-dedans ? Ah ! Vous avez cassé un carreau ? Pourquoi donc ?

Le prince explique :

— Je désirais ventiler mes poumons en humant l'air frais du soir, mais mon excellent ami est fragile des bronches et il a refermé la fenêtre un peu trop brusquement. Ce cher Bulldozer ne connaît pas sa force.

— Mais c'est pas vrai ! tente de protester Bulldozer.

Le prince le fait taire en lui lançant discrètement un coup de pied dans les tibias, tandis que le gardien annonce d'un ton sévère :

— Les dommages causés au matériel pénitentiaire entraînent de sévères sanctions pour les fautifs. Vous devrez faire 10 000 confettis supplémentaires, et vous serez privés de dessert pendant trois jours.

Et il referme le guichet en le claquant. Le prince d'Alpaga attend que les pas se soient éloignés pour ressortir la flèche. Il ôte l'élastique, déroule la feuille de papier qui maintient plaquée contre la flèche une lame de scie à métaux. Des mots sont tracés sur la feuille :

« *Servez-vous de cette scie pour couper les barreaux. Je vous ferai évader dans l'après-midi de samedi.*

« *Signé :* LE FURET. »

— Eh bien ! s'écrie le prince d'Alpaga, que vous avais-je dit ? Notre chef bien-aimé refuse de nous voir moisir sur la paille humide des cachots.

Ce qui est une manière de parler, car il n'y a pas ici le moindre fétu de paille. Mais peu importe. Voici une lame et voici des barreaux. Il s'agit de se servir de la première pour découper les seconds. Je fais entière confiance à votre force physique.

Et le prétendu prince vérifie pour la centième fois de la journée la bonne ordonnance de sa coiffure, pendant que le grand Bulldozer s'attaque aux barreaux de la fenêtre.

« Décidément, le clair de lune n'est pas suffisant pour pouvoir lire... »

Fantômette referme le recueil de poèmes de Victor Hugo qu'elle est en train de feuilleter et le glisse dans son corsage. Elle est allongée sur la toiture en zinc d'un immeuble de cinq étages appartenant à l'une des rues qui longent la prison. De ce point élevé, on peut aisément observer l'ensemble du bâtiment pénitentiaire et la cour qui l'entoure. De temps en temps, des silhouettes de prisonniers se détachent sur le fond jaunâtre des fenêtres grillagées.

La jeune fille jette un coup d'œil sur le

cadran phosphorescent de sa montre : dix heures du soir. La nuit est douce, sans le moindre souffle de vent. On perçoit nettement les sons nasillards d'un accordéon qui fait danser quelques couples, sur une petite place, en cette veille de carnaval.

Fantômette appuie son coude sur l'arête du toit, bâille et grogne à voix basse :

« Quelle idée de venir passer la nuit sur ce toit ! Qu'est-ce qui me prouve que le Furet est décidé à faire évader ses petits copains ? Et même s'il veut le faire, ce sera peut-être pour dans quinze jours ! J'ai eu tort de me lancer sur cette affaire sans aucune certitude... et la sage raison me commande d'aller me coucher... »

À quelques mètres d'elle, il se produit un léger cliquetis, et un chat se met à miauler. Fantômette aperçoit l'animal qui marche le long d'une gouttière. Il contourne une cheminée et disparaît. Une cheminée massive, non pas rectangulaire, mais de forme arrondie.

« Tiens ! C'est bizarre... cette cheminée a vraiment une forme peu commune et je me demande si ce n'est pas autre chose qu'une cheminée... »

L'aventurière concentre son regard sur l'étrange objet qui se présente sous l'aspect d'une masse arrondie. Au bout d'un moment, cette masse bouge. C'est un homme !

« Bon, j'ai compris. Mes prévisions étaient justes, et j'ai bien fait de venir monter la garde ici. Ce bonhomme-là est le Furet, ou je me trompe fort. Il est en train d'observer la prison à la jumelle. »

Un moment s'écoule, puis la silhouette se dresse. Fantômette peut alors voir qu'elle tient à la main une sorte de canne longue et recourbée. L'homme s'immobilise pendant un instant, puis un sifflement se produit, suivi d'un bruit de verre brisé.

« Mille tonnerres ! Le Furet est un émule de Guillaume Tell ! Voilà maintenant qu'il tire sur les fenêtres de la prison ! C'est comme cela qu'il cherche à entrer en contact avec Bulldozer et le prince d'Alpaga. Eh bien, nous allons mettre fin à ce petit manège ! »

Fantômette tire de son fourreau un fin poignard florentin qu'elle porte à la ceinture, se met debout et marche vers le bandit. Celui-ci l'aperçoit, se redresse à son tour et s'écrie :

— Qui êtes-vous ? Que faites-vous là ?

Sans répondre, Fantômette continue d'avancer. Le Furet recule d'un pas, puis soudainement encoche dans son arc une seconde flèche dont il dirige la pointe vers la jeune justicière en ordonnant :

— Arrêtez ! Restez où vous êtes, ou je vous embroche !

Fantômette hésite. Le risque est grand : le bandit dispose d'un de ces arcs modernes, en acier, dont la puissance est considérable. Néanmoins elle prend le risque, et se jette en avant.

Zip ! L'arc se détend d'un coup sec, en

lançant la flèche qui frappe la jeune fille en pleine poitrine ! Elle tombe à la renverse. Le bandit fait demi-tour en ricanant et redescend l'échelle de secours d'incendie par où il est venu. Il parvient au rez-de-chaussée, s'engouffre dans une camionnette grise dont il lance le moteur à plein régime, et disparaît dans la nuit.

Sur le toit, Fantômette se relève lentement. Elle arrache la flèche qui s'est plantée dans le recueil de poésies et murmure :

« Le père Hugo vient de me sauver la vie ! »

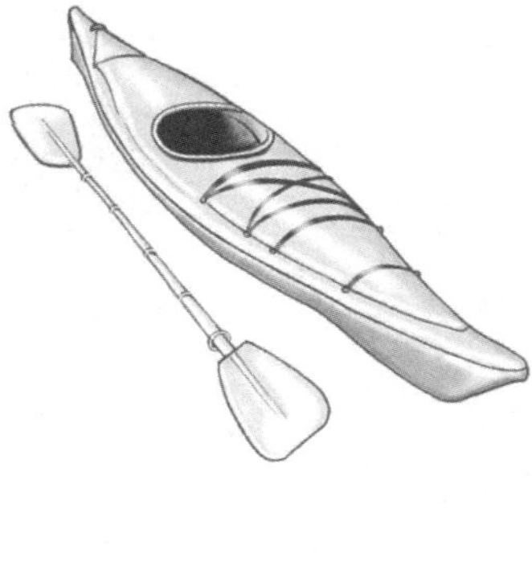

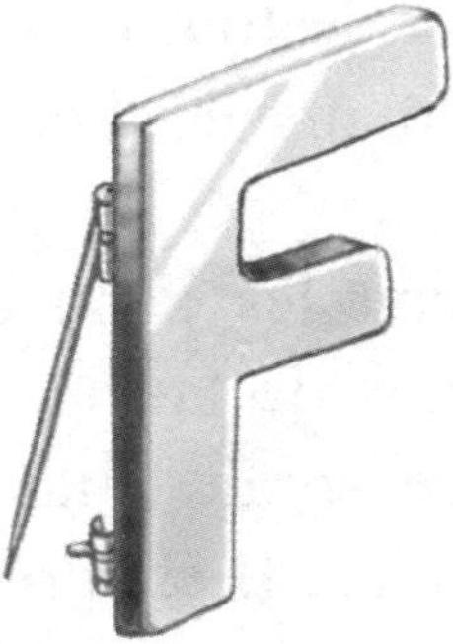

chapitre 4

Miss Fantômette

En cette journée du vendredi 13 mars, le baromètre a baissé dangereusement et indique « Pluie et tempête ». Mais on sait que le baromètre est un instrument aussi capricieux qu'un jeune chevreau, et le soleil, dédaignant les injonctions de la météorologie, s'obstine à répandre ses joyeux rayons sur la bonne ville de Framboisy. Dès l'aube, le ciel est pur, les nuages balayés, l'atmosphère transparente. Cette journée sera bénéfique pour tous, surtout pour les personnes qui croient en la vertu du nombre 13. D'ailleurs, les marchandes de billets de loterie ont largement approvisionné leurs petites guérites en bois, et se frottent les mains, comme le font tous les commerçants qui prévoient de bonnes affaires.

On a pu voir, en lisant les panneaux mis en place par les soins de la municipalité, que cette journée serait celle du grand concours de cotillons. Il est prévu, de plus, diverses manifestations folkloriques sous forme de danses et concerts, course en sac et championnat de boules lyonnaises.

La matinée est consacrée au concours de boules. Une équipe venue spécialement de Marseille – Les Rois de la Pétanque – se distingue particulièrement, et enlève la deuxième place derrière Le Boulist Club Framboisien. Il faut signaler qu'un litige s'éleva, le président de la pétanque marseillaise prétendant qu'un des joueurs framboisiens avait mis le pied hors du cercle réglementaire, mais tout s'arrangea devant quelques verres de clos-framboisy, ce vin généreux qui jouit d'une réputation départementale.

Le concours de cotillons doit avoir lieu à quatre heures de l'après-midi. Mais, dès deux heures, Boulotte, Ficelle, Françoise et Annie sont en effervescence. Les quatre amies se sont réunies dans la chambre de la grande Ficelle pour y revêtir leurs déguisements, ce qui n'est pas une mince affaire :

BOULOTTE. – Je n'arrive pas à enfiler ce justaucorps. Il a rétréci sans même que je l'aie lavé...

FICELLE. – Fais voir. Mais tu as pris le mien !

BOULOTTE. – Ah ! bon... c'est pour ça que je ne peux pas entrer dedans !

ANNIE. – Dis, Françoise, est-ce que mon bonnet est droit ?

FRANÇOISE. – Non, il est un peu de travers... regarde-toi dans la glace.

ANNIE. – C'est peut-être mieux, qu'il soit penché ? Le pompon est assez gros ?

FRANÇOISE. – Oui, il est très bien.

FICELLE. – Et mon bonnet à moi, où est-il ? Il y a quelqu'un qui me l'a pris !

FRANÇOISE. – Mais non, grande nigaude, tu es assise dessus...

FICELLE. – Ah ! oui, c'est vrai ! Et ma cape... où est ma cape ?

BOULOTTE. – Avec ce masque sur ma figure, je n'y vois plus rien du tout !

ANNIE. – C'est parce que tu n'as pas les yeux en face des trous !

Toutes quatre sont habillées de la même façon : justaucorps jaune, collant noir, cape de soie rouge à l'intérieur, noire sur le dos. Cette cape est agrafée par une broche dorée en forme de F. Elles ont posé sur leur tête un bonnet noir dont la pointe se termine par un pompon, et caché leur visage derrière un loup de velours.

Ficelle, Annie et Boulotte, plantées devant un miroir, n'en finissent plus d'admirer leur image. Françoise leur dit :

— Je vais vous faire une proposition. Puisque vous vous trouvez si jolies à regarder, restez donc ici, devant la glace, et moi je vais aller au concours toute seule.

— Non, non ! s'écrie Ficelle, on est prêtes ! D'ailleurs le jury pourra bien m'attendre cinq minutes.

— C'est vrai. Il n'attend que toi pour te proclamer Miss Clown !

— Tu peux toujours rire ! Attends un peu, et tu verras ! C'est moi qui suis la Fantômette la plus ressemblante.

Après quelques derniers ronds de jambe devant le miroir, les quatre amies décident de se rendre sur la place de la Mairie, où l'épreuve doit avoir lieu. Pour la circonstance, l'endroit est décoré avec une profusion de banderoles, fleurs en caisses, fanions multicolores et calicots géants portant l'indication : GRAND CONCOURS DE TRAVESTIS. Tout autour de la place, des baraques foraines débitent nougats, berlingots et barbe à papa. Quelques manèges tournent en rond en diffusant des refrains à la mode.

— Dans combien de temps commence le concours ? s'enquiert Boulotte.

— Dans dix minutes, répond Françoise.

— Bon. Alors, j'ai le temps d'aller acheter un nougat et des cacahuètes, peut-être aussi un ou deux sucres d'orge.

— Et moi, dit Ficelle, de faire un tour sur un manège.

Françoise se met à rire :

— Ce n'est pas Miss Clown qu'on va t'élire, c'est Miss Bébé !

Mais Ficelle ne l'entend pas : elle fend déjà la foule pour s'approcher d'un manège où elle a repéré une motocyclette rouge.

Pendant ce temps, Annie baye aux corbeaux en écoutant le boniment d'un marchand de billets de loterie :

— C'est aujourd'hui vendredi 13, jour de chance ! Prenez vos billets et gagnez le magnifique service de table, la magnifique pendule suisse à trois cadrans, permettant à trois personnes de lire l'heure en même temps ! ou la magnifique poupée qui ferme les yeux, dit papa, maman et fait pipi au lit ! Prenez vos billets ! Ne laissez pas s'envoler la chance comme un vulgaire satellite !

Quant à Françoise, elle dirige tranquillement ses pas vers une baraque surmontée d'une pomme en carton traversée par une flèche, portant l'enseigne : *Au Vrai Guillaume Tell.* Dans le fond de la baraque se trouvent alignées cinq cibles de liège sur lesquelles des jeunes Framboisiens exercent leur adresse en tirant des flèches. Le propriétaire annonce à voix haute :

— À six flèches la partie ! À six flèches ! Exercez-vous ! Les six flèches dans la mouche gagnent la bouteille !

Une cible est libre. Françoise se met en place et demande un arc. L'homme sourit.

— Vous y verrez assez clair, derrière votre masque ?

— Oui, oui, n'ayez crainte.

Françoise saisit l'arc, encoche une flèche et tend la corde. Derrière elle se forme un cercle de badauds, intrigués par ce jeune archer en costume rappelant celui de Robin des Bois.

Zip !... clac ! Première flèche dans le disque noir ! On entend un « oh ! » d'admiration dans la foule. Françoise saisit une seconde flèche, bande l'arc... tire. Le projectile se loge tout près du disque noir, mais en dehors tout de même. La troisième flèche frappe de nouveau dans la mouche.

Françoise s'arrête pour respirer profondément, puis lance le quatrième projectile qui se plante en bordure du disque, à l'intérieur.

Cinquième flèche. Pan ! dans le noir, tout près du centre !

— Pas mal, pour une débutante ! fait une voix.

La jeune fille se retourne. Un homme se tient derrière elle, souriant, les mains dans les poches. Il est mince, maigre même, avec un nez étroit et pointu comme un bec d'oiseau. Ses yeux sont petits, ronds et noirs. Il porte un grand chapeau qui lui dissimule le front. Françoise demande :

— Vous en feriez autant ?

— Pourquoi pas ? dit l'homme.

— Il reste une flèche. Tenez, prenez-la.

L'inconnu saisit la flèche, place l'encoche contre la corde et bande l'arc, en visant lentement, soigneusement. Zip !... clac ! La pointe se fiche en plein centre de la cible, tandis que la tige vibre longuement.

— Joli coup ! approuve Françoise, on voit que vous avez l'habitude de manier l'arc.

— J'ai quelque entraînement..., dit l'homme d'un ton suffisant.

Il remet les mains dans les poches, fait demi-tour et s'éloigne en sifflotant.

Françoise hésite une seconde, puis lui emboîte le pas. Il se glisse entre les badauds qui regardent la baraque de la loterie, contourne un manège, disparaît derrière un groupe de flâneurs, reparaît, disparaît de nouveau. Françoise presse le pas, se retrouve tout près de l'homme. À cet instant, elle sent qu'on la tire en arrière.

— Hé ! Françoise, tu viens ? Le concours va commencer !

Ce sont les trois autres filles, à sa recherche depuis un moment déjà. Françoise essaie de se dégager.

— Laissez-moi, lâchez ma cape !

— Viens donc ! dit Ficelle, ça commence tout de suite ! il est quatre heures...

— Je n'ai pas le temps ! J'ai autre chose de plus sérieux à faire !

Elle réussit à leur faire lâcher prise, s'élance en avant. Où l'inconnu est-il passé ? Il s'est perdu dans la foule, mais de quel côté ?... vers la mairie ? Il peut avoir obliqué dans une autre direction... Françoise tourne en rond, perd du temps. Ses amies la rejoignent de nouveau. Ficelle grogne :

— Que t'arrive-t-il ? Tu es folle ! On va

commencer sans nous ! Derrière qui cours-tu ? Allez, viens vite !

À contrecœur, Françoise abandonne sa poursuite.

Les quatre amies fendent la foule pour parvenir jusqu'à l'estrade sur laquelle elles montent. Là se trouve le jury, assis derrière une table : trois messieurs à l'air grave, munis de papiers pour attribuer des notes. Il y a aussi d'autres concurrents : un Pierrot et un Arlequin, un Zorro, deux cow-boys, une Espagnole et un Cosaque fort moustachu.

L'arrivée des quatre Fantômettes fait sensation. Un murmure parcourt la foule : « Elles ont le costume de Fantômette... vous savez ? cette jeune justicière qui pourchasse les bandits... »

Les concurrentes et les concurrents défilent un par un devant le jury, saluent le public et attendent la fin des délibérations.

Ces messieurs discutent longuement à

voix basse, en comparant les déguisements. Pendant ce temps, le public donne son avis à haute voix :

— C'est celle-ci qui est la mieux...

— Non, c'est celle-là !

— Il faut donner le prix au Cosaque !

— Non, à la Fantômette n° 2 !

— Pas du tout ! C'est la troisième qui est la plus ressemblante !

Les concurrents attendent les résultats avec impatience, piétinant ou se tortillant sur place. Finalement, le président du jury se lève, tousse une ou deux fois pour s'éclaircir la voix, réclame le silence et lit à haute voix la liste qui vient d'être établie :

— Après avoir délibéré, le jury décerne le grand prix du concours de cotillons à la Fantômette n° 4, qui nous a paru ressembler le plus à la fameuse justicière. Mademoiselle, voulez-vous retirer votre masque ?

La gagnante ôte le loup qui cachait son visage. C'est la grande Ficelle. Elle est souriante, épanouie, ravie ! Le président lui remet le prix, qui consiste en une énorme boîte de peinture.

— Chic ! moi qui adore barbouiller, je vais peinturlurer des perroquets sur les murs de ma chambre !

Les autres concurrents reçoivent chacun un petit lot (pipeau, canif, encrier en plastique incassable, paquet de biscuits, etc.) et tout le monde quitte l'estrade sous les applaudissements de la foule.

Ficelle prend la tête du petit groupe de filles et traverse la place, fière comme un coq. Elle marche jusqu'à la mairie, monte sur le perron et se plante, le poing sur la hanche, dominant la foule avec une souveraine majesté.

— Et maintenant, daigne-t-elle demander, qu'allons-nous faire ?

Françoise répond :

— Puisque tu es Miss Fantômette, c'est à toi de décider.

— Très bien. Je propose que nous nous

mettions à la recherche du fameux bandit qui s'est attaqué au coffre-fort de M. Barbemolle : le Renard ou la Fouine, je ne sais plus.

— Le Furet, rectifie Françoise.

— C'est ça, le Furet. Il faut découvrir où il est. Et pour ça, vous pouvez compter sur mon flair !

Françoise hausse les épaules.

— Grande nouille ! Je le tenais tout à l'heure, le Furet... Mais vous m'avez empêchée de l'attraper.

— Comment ? C'est ce bonhomme que tu poursuivais ?

— Évidemment. Ce n'était pas le Grand Turc !

— Il fallait le dire !

— Le temps que tu comprennes !... et puis tu tenais tellement à ton concours de déguisements...

La grande Ficelle descend de son piédestal et essaie de penser, chose difficile. Elle demande :

— Et comment faire pour le retrouver ?

— C'est facile, dit Françoise, tu n'as qu'à te servir de ton fameux flair.

— Ah ! oui, évidemment...

Mais le flair de Ficelle doit être singulièrement réduit ce jour-là, car elle ne trouve rien. Elle a d'ailleurs envie d'étrenner sa boîte de peinture. Boulotte veut faire une provision de nougat. Annie désire faire un tour sur les autos tamponneuses. Françoise esquisse un sourire de moquerie :

— Vous avez bonne mine, avec vos costumes de justicières ! C'est bien la peine de vous déguiser en Fantômette ! Quand il s'agit de pourchasser réellement un bandit, plus personne ! Vous n'êtes que des niquedouilles !

Ficelle lève le menton et réplique :

— Eh bien, tu n'as qu'à courir après le Furet, toi, puisque tu es si maligne !

Mais Françoise ne l'écoute pas. Elle retourne vers la baraque du Guillaume-Tell en murmurant : « Je tirerai autant de flèches qu'il le faudra, jusqu'à ce que j'en mette six dans la mouche. »

Cinq minutes plus tard, elle quitte la baraque avec une bouteille de mousseux sous le bras.

chapitre 5

Travail nocturne

Le prince d'Alpaga caresse d'une main fine son menton. Il fronce les sourcils.

— Hum ! le barbier ne m'a pas rasé d'assez près, ce matin, ne trouvez-vous pas, cher ami ?

— J'ai autre chose à faire qu'à m'occuper de ta barbe ! Tu ferais mieux de venir m'aider à scier ce barreau.

— Mon cher Bulldozer, je ne puis songer à écorcher mes mains en me livrant à cette besogne matérielle. Quelle heure est-il ?

— Bientôt minuit.

— Et quand comptez-vous avoir terminé ce petit travail ?

— Je vais y passer toute la nuit !

— Comment ! ce sera si long ?

— Si tu me donnais un coup de main, paresseux pommadé, ça irait plus vite !

— Allons, mon ami, ne vous fâchez pas ! Je participe à notre évasion en faisant le guet. Ce qui est aussi important que de découper les barreaux, avouez-le !

— Oui, mais c'est moins fatigant...

Depuis le moment où ils ont réintégré la cellule, les deux prisonniers s'occupent activement de leur évasion. Le grand Bulldozer manie la lame de scie en suant à grosses gouttes, le prince d'Alpaga, allongé sur son lit, mâche un bout de bois pour se blanchir les dents. C'est ce qu'il appelle « faire le guet ». De temps en temps, les gardiens font une ronde, et la besogne doit être interrompue pour un moment. Dès que les pas s'éloignent, Bulldozer reprend son travail de termite.

Vers minuit, le premier barreau est scié. Bulldozer s'éponge le front et demande :

— Dis donc, tu sais pourquoi le patron veut nous faire évader un samedi après-midi, en plein jour ?

— C'est assez bizarre, en effet. En principe, on a intérêt à s'évader pendant la nuit. C'est plus discret.

— Alors ? Qu'est-ce qu'il a derrière la tête ?

— Je ne sais pas, mais il a sûrement de bonnes raisons. Nous devons lui faire confiance. Le Furet a un cerveau remarquable.

— Moi, je veux bien. Mais c'est tout de même curieux.

— Mon cher, ne vous mettez pas en peine pour cela. Maniez votre scie et ne cherchez pas à penser. C'est très mauvais pour votre santé.

— Tu crois ?

— Bien sûr.

Bulldozer reprend son travail, et le prince d'Alpaga continue de contempler le plafond.

À l'aube, Bulldozer vient à bout du second barreau. Les deux barreaux ainsi coupés, l'espace ouvert dans la fenêtre est suffisant pour qu'on puisse s'y glisser. Tout est remis provisoirement en place, et la limaille de fer est jetée à l'extérieur. Il ne reste plus qu'à attendre l'intervention du Furet.

Les deux prisonniers ne vont pas tarder à comprendre pourquoi leur chef a choisi de leur faire prendre la fuite en plein jour, devant des milliers de personnes !

chapitre 6

L'extraordinaire évasion

Autrefois, c'est-à-dire avant l'invention du cinéma, de la radio et de la télévision, les distractions étaient différentes de ce qu'elles sont maintenant. Les garçons jouaient à la toupie dans la rue – chose devenue impossible à cause de la circulation automobile – ou aux osselets sur le trottoir. Les filles dessinaient des marelles sur la chaussée, ou se lançaient des volants avec des raquettes (toujours dans la rue). On allait au cirque, car jadis les cirques étaient fort nombreux, ou bien on se rendait dans quelque fête foraine pour courir dans un sac ou grimper au mât de cocagne.

Et puis il y avait le carnaval, dans presque chaque ville. Des chars décorés parcouraient la grand-rue, musique en tête, sous une pluie de fleurs et de confettis, jusqu'à la rivière où l'on noyait messire Carnaval ; s'il n'y avait pas d'eau, on y mettait le feu et l'on dansait tout autour en lançant des chansons et des rires...

La bonne ville de Framboisy est une de celles qui ont conservé cette joyeuse tradition. Pendant la matinée du samedi 14 mars, les chars destinés à la cavalcade sont ornés de banderoles et décorés avec des fleurs naturelles. Les musiciens de l'Harmonie municipale astiquent les cuivres de leurs instruments, et les artistes amateurs des groupes folkloriques répètent une dernière fois leurs pas de danse. Les bazars font des affaires en or en vendant des serpentins, des pétards, des chapeaux de papier et des masques en carton.

Au début de l'après-midi, les chars se rassemblent sur l'esplanade de la foire aux chevaux, à la limite de la ville et de la campagne. Il y a là, en plus des curieux et des badauds, des groupes folkloriques représentant les vieilles provinces de France, l'Harmonie municipale et, pour suivre la mode américaine, cinq majorettes court-vêtues qui brandissent des cannes à gros pommeau. Un incident retarde la mise en route du cortège : le chef de la fanfare a perdu sa baguette ! On la cherche en vain. Finalement, elle est avantageusement remplacée par un mirliton rouge et vert. À trois heures précises, l'Harmonie lance les premières notes d'une joyeuse marche, et le *corso* prend le départ en direction du centre de la ville. Les confettis commencent à envahir l'air, les serpentins à tracer de fugitives trajectoires, et les fleurs à pleuvoir des balcons.

La composition du cortège est la suivante :

— En tête, la majorette tambour-major

qui jongle avec sa canne, suivie de ses compagnes.

— L'Harmonie municipale en grand uniforme.

— Le char des boulangers-pâtissiers (le moulin à vent dont il a été question plus haut).

— Un groupe de Bretons et Bretonnes dansant au son du biniou.

— Le char des plombiers (une immense lampe à souder).

— Les Alsaciens et Alsaciennes.

— Le char des cordonniers.

Derrière ce char marche un groupe de trois Grosses-Têtes, ces figures grotesques en carton-pâte que l'on porte sur les épaules. Et juste après ces trois personnages vient un figurant qui retient l'attention par son originalité.

C'est un bagnard revêtu d'une tenue rayée jaune et noire, dont le visage disparaît sous un masque hilare. Il traîne un boulet de carton attaché à une chaîne, et porte sur l'épaule une longue échelle de bois. Sa main droite brandit une pancarte où l'on peut lire la mention : *Les Joyeux Évadés.*

Après avoir parcouru un itinéraire qui passe par des petites rues, le cortège suit la voie qui longe les murs de la prison. Le Joyeux Évadé fait alors un numéro qui met tout le monde en liesse. Il quitte le cortège, appuie son échelle contre le mur de la prison, et l'escalade en annonçant à haute voix :

— Avec la permission de M. le directeur de la prison de Framboisy, je vais accomplir maintenant un exploit unique : une évasion *à l'envers* !

Il franchit le mur sous les acclamations et les rires. Ayant tiré l'échelle derrière lui, il disparaît dans la cour intérieure. À cet instant, la caravane des chars marque un temps d'arrêt, les majorettes étant arrivées sur une petite place contiguë à l'entrée de la prison. Heureux de cette aubaine qui les change d'une faction monotone, les gardiens en profitent pour admirer le cortège en battant des mains.

Au moment où le *corso* se remet en marche, trois prisonniers déguisés en zèbres apparaissent en haut de la muraille : le Joyeux Évadé et deux compagnons qui portent également des masques de Mardi gras. Ils redescendent l'échelle et s'incorporent au cortège en lançant au public de grands saluts.

Les chars et les groupes folkloriques suivent l'itinéraire prévu, accueillis par les vivats de la foule, escortés par des gamins qui lancent des confettis à pleines poignées, acclamés par toute la population de la ville.

Le plaisant cortège parvient ainsi sur la place Théodore-Théophile et en fait trois fois le tour avant de s'immobiliser. Il est prévu, en effet, que les chars restent en place jusqu'au lendemain soir, pour former une décoration qui donnera grande allure à l'inauguration de la statue, laquelle est arrivée le matin même et attend sagement, sous une bâche en toile verte, qu'on veuille bien l'offrir aux regards admiratifs des Framboisiens.

L'Harmonie municipale joue le répertoire classique : *Les Allobroges, Le Carnaval de Venise, Poète et Paysan,* puis s'éclipse discrètement pour boire un petit coup de blanc au plus proche café, tandis que la foule se disperse lentement pour rejoindre les baraques foraines de la place de la Mairie, ou pour aller danser dans les guinguettes qui bordent l'Ondine.

Le groupe des Joyeux Évadés, quant à lui, s'est perdu dans la multitude...

M. Mastock, le directeur de la prison, s'arrache les cheveux. Les gardiens sont réunis devant lui, au garde-à-vous, et n'en mènent pas large.

— Mille tonnerres de nom d'une pipe ! Comment avez-vous fait votre compte ? On ne quitte pas une prison comme on sort d'une auberge ! C'est insensé, c'est inouï ! Une évasion en plein jour devant la moitié de la ville ! C'est ahurissant !... Maintenant, je n'ai plus qu'à donner ma démission, après vous avoir tous mis à la porte ! Parfaitement, à la porte... À moins que vous ne retrouviez ces bandits dans les cinq minutes... ce qui me paraît fort douteux !

Le directeur marche de long en large, exaspéré. Il s'arrête devant un des gardiens et demande sèchement :

— Vous, Lecitron, où étiez-vous au moment où ils sont passés par la fenêtre ?

— Heu... j'étais près de l'entrée, monsieur le directeur...

— Et que faisiez-vous près de l'entrée, au lieu de surveiller votre secteur ?

— Mais... je faisais comme vous, monsieur le directeur, je regardais les majorettes...

Laissons le directeur s'étrangler de rage, et revenons une demi-heure en arrière. Au moment où le cortège quitte le champ de foire, quatre Fantômettes arrivent en courant et prennent d'assaut le char de messire Carnaval. Il est largement approvisionné en confettis, fleurs et boulettes de papier coloré.

Le bombardement commence aussitôt, les cibles étant les têtes réjouies des spectateurs massés sur les trottoirs, le long du parcours. Boulotte jette des confettis à pleines poignées, qu'elle puise dans un grand sac que Sa Majesté tient entre ses genoux ; Françoise lance des roses et Annie joue du mirliton. Quant à la grande Ficelle, elle souffle dans une de ces spirales en papier que l'on appelle des langues de belle-mère.

Devant Carnaval marche un groupe de Bretons qui jouent du biniou, et derrière, une dizaine de clowns vêtus de façon extravagante, coiffés de chapeaux bâillant comme des huîtres, et chaussés de souliers fantaisistes dont les plus petits doivent bien faire 50 de pointure. Le défilé se termine par la fanfare des Fils de Diane – six cors de chasse –, mais la foule des enfants ou des jeunes gens qui suivent le dernier groupe prolonge le défilé sur une bonne centaine de mètres, laissant derrière elle un tapis de confettis et de serpentins.

Quand la tête du défilé parvient à la hauteur de la prison, il y a un ralentissement. Les majorettes exécutent un pas de danse sur la petite place située devant l'entrée. L'ensemble du convoi modère son allure, et le char de Sa Majesté se trouve immobilisé. Alors que Françoise jette un coup d'œil vers l'avant, un curieux spectacle retient son attention. Trois prisonniers en costume zébré descendent une échelle appliquée contre la muraille de la maison d'arrêt. Et tout en descendant, ils agitent les mains, paraissant saluer joyeusement la foule qui leur lance des serpentins. Françoise saisit le bras de Boulotte.

— Regarde, là-bas !

— Quoi donc ?

— Des prisonniers qui s'évadent...

— Bah ! ce sont des carnavalistes, comme nous ; ils sont déguisés en forçats...

La grande Ficelle met sa main en visière pour examiner les forçats en question et approuve :

— Boulotte a raison ; c'est des figurants. Ils ont des masques en carton sur la figure.

Françoise hoche la tête.

— Ça me paraît tout à fait louche. Quelque chose me dit que c'est le Furet en train de faire évader ses complices...

— Penses-tu ! dit Annie. Comment pourraient-ils s'évader devant tout ce monde ?

— Justement ! Il y a tellement de monde que personne ne peut imaginer qu'il s'agit d'une véritable évasion. C'est tellement énorme, tellement incroyable ! Venez ! Il faut empêcher ça !

— Mais tu es folle, voyons...

Françoise saute alors au bas du char et se faufile dans la foule en direction de l'échelle. Les trois autres Fantômettes hésitent, discutent. Boulotte demande :

— Et si elle avait raison ? Ces bonshommes-là sont peut-être en train de s'échapper réellement ?

— Mais non ! dit Ficelle en secouant la tête, Françoise a trop d'imagination. Moi, je reste ici à lancer des confettis.

— Bon. Alors, moi aussi.

Le cortège s'est remis en route, et la bataille de fleurs s'intensifie. Boulotte, Ficelle et Annie, très occupées à lancer leurs inoffensifs projectiles, ne pensent plus à Françoise.

Celle-ci s'est glissée vers l'échelle le plus vite possible. Lorsqu'elle arrive à son pied, c'est pour constater que les trois prisonniers – vrais ou faux – ont disparu. Elle interroge un Iroquois à longues plumes :

— Les trois bagnards ? Je crois qu'ils sont partis par cette petite rue.

À l'autre bout, un costume rayé disparaît entre deux autos. Elle prend le pas de course, se baissant à demi et longeant une file de voitures. Il y a un bruit de moteur que l'on met en marche et une camionnette commerciale déboîte de la file. Lorsqu'elle passe à la hauteur de la jeune fille, celle-ci bondit sur la poignée de la porte arrière et s'y accroche, tandis que ses pieds prennent appui sur le pare-chocs.

« Pourvu qu'ils conduisent en douceur ! La position n'est pas très confortable ! Pas si vite, monsieur le Furet ! Le code de la route vous recommande de ralentir aux carrefours et de ne pas prendre vos tournants sur les chapeaux de roues !... Si vous continuez à conduire comme au Grand Prix d'Indianapolis, je vous laisse tomber et je retourne sur le char de Sa Majesté, qui ne se livre pas à des excès de vitesse ! »

La camionnette traverse en trombe Framboisy. Les rues sont désertes. L'ensemble de la population, en effet, s'est massée sur le parcours du cortège. Elle parvient dans un quartier peuplé d'usines et de fabriques, ralentit puis s'arrête devant un bâtiment assez vétuste qui a l'apparence d'un dépôt ou d'un garage. Françoise a sauté avant l'arrêt complet et s'est vivement dissimulée derrière le tronc d'un platane.

Les trois hommes descendent. Ils ont enlevé leurs masques de carton, et Françoise reconnaît l'homme qui a tiré la sixième flèche dans la baraque du Guillaume-Tell. C'est le Furet. Il ouvre une porte métallique à double battant et fait signe à un de ses acolytes – un grand gaillard massif – de rentrer la camionnette dans une cour. La porte est refermée.

« Parfait ! murmure Françoise, je sais maintenant où nichent nos trois évadés. J'ai le choix entre deux solutions : ou je téléphone à la gendarmerie – et dans ce cas le brigadier Pivoine et le gendarme Lilas viennent cueillir les oiseaux au nid –, ou alors, je me charge de l'affaire moi-même, ce qui me procure la gloire immortelle et la considération des habitants de cette bonne ville. Étant donné que la première solution est la plus raisonnable, je choisis la seconde. »

Elle quitte l'abri du platane, s'approche de la porte métallique et l'examine.

« C'est un peu haut. Mais si je glisse la pointe d'un pied dans la boîte aux lettres, et si j'allonge le bras, j'atteindrai le haut de cette porte. »

Aussitôt pensé, aussitôt fait. En une seconde, Françoise se trouve à califourchon sur la porte. Elle saute légèrement dans la cour, qui est déserte. Les trois hommes ont disparu dans le dépôt. Elle entre à son tour à l'intérieur du bâtiment, sans faire le moindre bruit. Un vaste local encombré de caisses et de bouteilles vides, où la poussière et les araignées font bon ménage. Un escalier de bois conduit au premier étage, d'où vient un bruit de voix.

Françoise grimpe rapidement l'escalier et

plaque une oreille contre la porte. Elle perçoit un bruit de verres que l'on choque. Le grand Bulldozer porte un toast à la santé du Furet :

— À la bonne vôtre, patron ! Vous nous avez sortis du trou d'une façon... d'une façon...

— Tout à fait remarquable ! coupe le prince d'Alpaga. Je dois reconnaître que l'idée de profiter du carnaval pour nous faire évader est géniale !

Le Furet prend un ton modeste pour répondre :

— Je le crois, oui, je veux bien admettre qu'il y a là un trait de génie. Mais maintenant que nous voilà tous réunis, il va falloir songer à des choses plus sérieuses.

— C'est vrai, patron, il va falloir vider deux ou trois bouteilles pour fêter l'événement.

— Non, il ne s'agit pas de cela. Il s'agit de nous venger de ce triste individu qui s'appelle Barbemolle.

— Ah ! grogne Bulldozer, si je l'attrape, celui-là, je le transforme en pâté de foie ! Je l'aplatis ! Je le pulvérise !

Le Furet calme son complice.

— Doucement, il ne s'agit pas de pulvériser Barbemolle, mais de régler un petit compte que nous avons avec lui.

— Eh bien, il n'y a qu'à me laisser le pulvériser !

— Mais non, mais non ! Nous pouvons faire beaucoup mieux que cela. Nous pouvons nous venger avec... comment dirais-je ? avec élégance...

— Parfait ! approuve le prince, il me plaît également que notre vengeance soit élégante. Et quelle est votre idée, chef ?

— Écoutez-moi bien...

Le Furet baisse le ton, et Françoise écrase son oreille contre la porte pour tenter de recueillir quelques paroles, mais le bandit parle sur un ton confidentiel, confiant son projet à voix basse, tandis que Bulldozer lance de temps en temps des gloussements approbateurs. La jeune fille peste contre le Furet.

« Mille tonnerres ! c'est au moment où il dit des choses intéressantes qu'il baisse le ton ! Que peut-il bien comploter ? »

Finalement, le Furet éclate de rire, et ses complices font chorus. Le prince s'écrie :

— Bravo ! chef. Voilà une idée merveilleuse ! Une vengeance vraiment originale ! Et digne de votre génie ! Je pense que Bulldozer ne regrettera pas cette solution ?

— Non, non, dit Bulldozer, ça me va ! Je trouve ça très bien ! Ha, ha ! Ce qu'on va rire ! Hi, hi ! ho, ho !

— Alors, reprend le chef, nous allons nous séparer. Toi, le prince, tu te charges de nous trouver des bottes ?

— Oui, chef. Je connais un fripier qui nous en procurera.

— Bien. Et toi, Bull, tu apporteras une chignole ?

— Oui, oui. J'ai tout un outillage. Mais

vous croyez que l'explosion sera assez forte ?

— Assez forte ? Je te garantis que la moitié de la ville va sauter. Sois tranquille, j'ai bien étudié la question. Alors, rendez-vous à trois heures, là où vous savez.

— Entendu, chef !

Françoise redescend précipitamment l'escalier et se cache derrière une caisse. Les trois hommes apparaissent, le visage réjoui, et descendent également. Ils ont quitté leurs uniformes rayés pour revêtir des costumes de ville. Le prince d'Alpaga porte un magnifique complet crème, une chemise de soie marron et une cravate jaune. Son front disparaît sous un feutre vert pomme : il a tout d'un gangster de cinéma. Les deux autres ont à peu près la même allure. Mais en cette période de carnaval, ils sont sûrs de pouvoir circuler dans les rues sans être inquiétés, car la plupart des Framboisiens sont déguisés. Et comment distinguer un vrai gangster d'un faux ?

Lorsque les trois hommes ont quitté le bâtiment, Françoise sort de sa cachette et fait en sens inverse l'escalade de la porte. Le Furet est parti vers la gauche de la rue, ses complices vers la droite.

« Qui vais-je suivre ? Les comparses ou le chef ? Il faut suivre le Furet, bien sûr. »

Le bandit traverse le quartier industriel, tranquillement, sans se retourner, et entre dans un bouge d'assez mauvaise apparence, l'*Hôtel du Chat qui louche*. Françoise prend bonne note de l'endroit et poursuit son chemin.

« Maintenant que je sais où est installé le chef, il ne me reste plus qu'à deviner comment il va s'y prendre pour faire sauter la moitié de la ville... avec une chignole ! »

chapitre 7

Ficelle capture le Furet

— Ah ! te voilà enfin ! s'écrie Ficelle. Où étais-tu donc passée ?

— Je me suis occupée des évadés.

— Des faux évadés ?

— Non, des vrais.

— Comment ? C'était réellement le Furet ?

— Je te l'avais dit !

— Mais... mais alors, nous aurions pu les attraper !

— Oui. Mais tu as préféré lancer des confettis...

Les quatre amies, toujours déguisées en Fantômette, sont réunies sur la place

Théodore-Théophile, au centre de laquelle s'élève la statue de M. Barnabé Barbemolle, recouverte d'un drap. Le défilé s'est terminé sur cette place, et les chars sont rangés en cercle sur le pourtour. En cette soirée du samedi 14, la ville de Framboisy bénéficie de deux pôles d'attraction : les chars de la place Théodore-Théophile, et les baraques foraines de la place de la Mairie. Entre ces deux points, c'est un incessant va-et-vient. On s'interpelle, on se poursuit, on lance les dernières provisions de confettis. Les marchands de glaces et les buvettes font des affaires magnifiques. À la nuit tombante, les ampoules colorées et les lampions sont allumés, et l'on commence à danser au son de l'accordéon.

Mais les quatre amies ne prennent plus part aux réjouissances publiques ; elles essaient de mettre au point un plan d'action, après que Françoise eut exposé la situation.

— D'abord, dit Annie, il faut que je prévienne papa. Si ces bandits veulent se venger de lui, il faut qu'il soit averti.

— Non ! dit Ficelle. Ce sera bien plus amusant si nous capturons nous-mêmes le Furet et sa bande.

Françoise n'est pas du même avis.

— Annie a raison. Nous devons tout d'abord signaler à M. Barbemolle que le Furet est en liberté et qu'il veut tenter un coup contre lui. Quant à capturer les bandits... je sais bien que ce serait très amusant, mais aussi très dangereux. Le mieux est sans doute de téléphoner à la gendarmerie. J'avais déjà pensé à le faire, puis j'ai hésité. Maintenant que le Furet est décidé à causer une catastrophe, c'est aux gendarmes de s'occuper de la question. Allez prévenir M. Barbemolle. Pendant ce temps, je téléphone à la gendarmerie. Je vous rejoindrai à la manufacture.

— Brigadier Pivoine, vous ne me croirez pas, mais elle était comme ça, ma truite, vous entendez ? comme ça...

Et le gendarme Lilas écarte les bras, les mains parallèles, refaisant l'éternel geste du pêcheur qui décrit une belle pièce. Le brigadier Pivoine hoche la tête.

— Gendarme Lilas, vous m'étonnez. Parce que près du pont Pabras, vous savez, dans le petit creux où il y a des remous, j'ai vu l'autre jour une truite qui faisait bien ça de long...

Et le brigadier écarte lui aussi les deux mains.

L'intéressante discussion ichtyologique[1] est interrompue par la sonnerie du téléphone. Le brigadier prend la communication.

— Allô ? Oui, ici la gendarmerie de Framboisy. J'écoute... Comment ? Vous savez où se trouve le Furet ? Indubitablement ? À l'*Hôtel du Chat qui louche ?* Bon, nous allons aviser subséquemment.

1. Ichtyologie est à la fois un horrible mot et l'étude des poissons.

Au fait, vous ne seriez pas Fantômette, par hasard ?... Tiens, on a raccroché.

— C'est encore la fameuse Fantômette, brigadier Pivoine ?

— Ça y ressemble bien, gendarme Lilas. Elle nous a déjà téléphoné plusieurs fois, et je crois bien avoir reconnu sa voix. Elle nous signale que le Furet est à l'*Hôtel du Chat qui louche.* Gendarme, sortez la fourgonnette. Nous allons faire un tour là-bas.

Cinq minutes plus tard, le véhicule des gendarmes sillonne les rues de la ville en actionnant une sirène pour libérer le passage. Un grand coup de frein devant le petit hôtel, et les deux hommes descendent. Debout sur le pas de sa porte, l'hôtelier paraît les attendre. Après un salut réglementaire, le brigadier Pivoine demande si un individu surnommé le Furet habite là. Après des explications assez compliquées, l'hôtelier doit admettre qu'un individu répondant au signalement du bandit loge chez lui.

— Parfait, dit le brigadier, allons le voir.

— Mais... c'est qu'il vient de sortir.

— Ah ? Et pour aller où ?

— Il ne l'a pas précisé, monsieur le brigadier. Il a simplement dit : « Oh, oh ! J'entends une sirène de gendarmerie, c'est peut-être pour moi. Je file ! » Et il s'est sauvé en courant.

— Vous dites que... qu'il s'est sauvé parce qu'il a entendu notre sirène ?

— Oui, bien sûr.

Les deux gendarmes se regardent, assez penauds. Le brigadier hoche la tête en se caressant le menton. Il murmure :

— Je me disais bien que ce n'était peut-être pas la bonne méthode, d'avertir les voleurs de notre arrivée. Il faudra que j'en parle à mes supérieurs...

Ils saluent de nouveau, remontent dans leur fourgonnette et reprennent la direction de la gendarmerie.

L'hôtelier suit des yeux le véhicule qui

tourne le coin de la rue. Il referme la porte, et demande :

— Alors, vous êtes satisfait ?

— C'était parfait, dit le Furet, je vois qu'on peut compter sur vous.

Et il glisse dans la main de l'hôtelier un gros billet de banque.

M. Barbemolle se trouve dans son bureau en compagnie de l'adjoint au maire, avec qui il discute du cérémonial à suivre pour l'inauguration de sa statue, lorsque trois Fantômettes font irruption. Elles semblent vivement alarmées. Annie s'écrie :

— Papa, papa ! On a quelque chose à te dire.

— Une seconde, ma petite, tu vois bien que je suis occupé !

— Mais c'est très urgent !

— Hum ! C'est si urgent que cela ?

— Oui, oui, c'est très grave !

— Bon. Alors, dis-moi de quoi il s'agit.

— Le Furet s'est évadé, avec ses complices...

— Oh, oh ! c'est grave en effet. Mais qui vous l'a dit ?

Annie raconte comment Françoise a soupçonné que l'évasion fantaisiste des trois prisonniers était en fait une évasion réelle, et comment elle a filé les malfaiteurs jusqu'à leur lieu de réunion.

— En ce moment, ajoute Annie, Françoise est en train de téléphoner à la gendarmerie pour signaler que le Furet est à l'*Hôtel du Chat qui louche*.

— Bon. Alors il n'y a pas à s'inquiéter autant que tu le dis. Les gendarmes n'ont plus qu'à aller l'arrêter.

Françoise arrive quelques instants plus tard et annonce :

— Ça y est, les gendarmes sont prévenus. Nous allons pouvoir dormir sur toutes nos oreilles.

— C'est merveilleux ! dit la grande Ficelle, grâce à ma périscacité, on aura...

— Perspicacité, rectifie Françoise.

— Si tu veux... grâce à ma... comme tu dis, on aura pu retrouver et arrêter la terrible bande du Furet ! En voyant les bonshommes descendre de l'échelle, je m'étais bien doutée qu'il y avait quelque chose de louche là-dessous. Et si Françoise ne m'avait retenue, je leur aurais couru après, moi. D'ailleurs, ce n'est pas pour rien que je porte le costume de Fantômette, la terreur des nègrefins !

— Aigrefins, précise Françoise.

— Dis donc, fait Boulotte, j'ai l'impression que tu exagères un peu ! Ce n'est pas toi, c'est Françoise qui a deviné que le Furet s'évadait !

— Oh ! je l'avais deviné avant elle.

On ne peut la faire changer d'idée. Elle reste persuadée qu'elle est intervenue d'une manière efficace dans la capture de la bande.

Les quatre amies se mettent d'accord pour se retrouver le lendemain après-midi un peu avant trois heures, de manière à assister à l'inauguration de la statue. Puis elles se séparent. Françoise rentre chez elle en faisant un détour par la place de la Mairie pour aller tirer quelques flèches dans la baraque du Guillaume-Tell. Annie va jouer avec une petite poupée qu'elle a gagnée au concours de cotillons ; Boulotte se rend hâtivement dans une charcuterie pour y acheter une grosse tranche de rillettes, et Ficelle s'en va en courant dans sa chambre pour se précipiter sur sa boîte de peinture et composer une merveilleuse aquarelle représentant une poire posée sur un dictionnaire, qu'elle intitule *Tempête sur les Sargasses*.

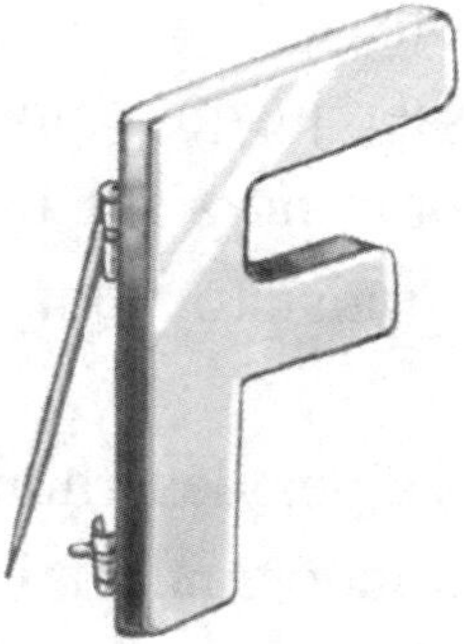

chapitre 8

Prisonnière !

En cette matinée du dimanche 15 mars, Fantômette est au lit. Le bout de son nez dépasse du drap et son œil gauche suit la course régulière de la petite aiguille, sur une pendule électrique rose accrochée au mur.

« À onze heures et demie, je me lèverai. »

La grande aiguille atteint, puis dépasse la demie de onze heures.

« À midi moins le quart, je sors du lit. »

Les rouages de la pendule continuent de tourner, et les aiguilles finissent par indiquer midi moins le quart.

« Bah ! je peux bien attendre midi. J'écouterai les informations. »

Elle continue de rêvasser jusqu'à douze heures, puis allonge le bras hors du lit et tourne le bouton d'un transistor qui est posé sur la table de nuit.

« ... vous avez la migraine, des rhumatismes, le foie qui fonctionne mal et l'intestin paresseux ; alors faites confiance à l'eau Lala, la seule eau à base d'eau parfaitement pure, qui vous donnera un teint de bébé ! L'eau Lala ? Oh ! là ! là ! ! ! Et voici nos informations : Hier après-midi, une évasion sensationnelle s'est produite à Framboisy. Le fameux bandit, connu sous le nom du Furet, a réussi à faire évader deux de ses complices en profitant de l'animation créée par le carnaval. Les trois hommes, vêtus de leurs costumes de prisonniers, ont franchi le mur d'enceinte et se sont perdus dans la foule, qui applaudissait, croyant à un numéro prévu au programme. Malgré les efforts déployés par la gendarmerie, les trois bandits sont toujours en fuite... La conférence du désarmement en est au point mort et... »

Fantômette tourne rageusement le bouton.

« Mille diables ! Ils se sont encore échappés ! Ah ! C'était bien la peine de prévenir les gendarmes ! Mais comment s'y sont-ils pris pour laisser filer le Furet ? Il leur suffisait d'aller le cueillir à l'*Hôtel du Chat qui louche* ! Et maintenant, ces bandits vont... Oh ! et moi qui reste au lit pendant qu'ils sont, peut-être, en train de se venger !... »

Elle rejette les draps en coup de vent, se fourre la tête sous le robinet d'eau froide et enfile rapidement son costume. Négligeant les escaliers, elle passe par la fenêtre et se laisse glisser le long du tuyau de gouttière, à la manière des pompiers qui disposent d'un mât, dans leurs casernes, pour atteindre plus rapidement le sol.

Fantômette sort d'un garage un cyclomoteur rouge et blanc qu'elle enfourche comme un pur-sang en murmurant :

« L'avantage de cette période de carnaval est qu'elle me permet de circuler en ville dans ce costume sans attirer la curiosité des passants. Dommage que ça prenne fin ce soir ! »

Elle se dirige à toute vitesse vers la manufacture de mirlitons, pile devant la porte et bondit vers la sonnette. Le concierge vient ouvrir sans se presser et dit :

— Ah ! vous êtes une des amies d'Annie ? Vous venez la voir ?

— Pas spécialement. Je voudrais savoir si M. Barbemolle est en bonne santé. Il ne lui est rien arrivé de fâcheux ?

— Ma foi, non. Je l'ai aperçu il y a cinq minutes, et il se porte à merveille. Pourquoi me demandez-vous cela ?

— Dites-lui qu'il ferait bien de prévenir la police que le Furet va tenter de se venger de lui.

— Oh ! que me dites-vous là ? C'est sérieux ?

— Très sérieux. Qu'il veille sur sa sécurité et sur celle de sa fille. De mon côté, je vais essayer d'empêcher tout attentat.

Elle fait demi-tour et repart en trombe, laissant le concierge assez ahuri. Cinq minutes plus tard, nouvel arrêt devant l'*Hôtel du Chat qui louche*. Elle descend en voltige du cyclomoteur, se rue dans l'entrée de l'hôtel, et, d'un bond, saute sur le comptoir derrière lequel l'hôtelier somnole. Elle tire son poignard et de la pointe pique légèrement les côtes de l'homme qui sursaute et bredouille :

— Hein ? Quoi ? Qu'est-ce que c'est ? Qui êtes-vous ?

— Peu importe qui je suis. Où est le Furet ?

— Qui donc ?

— Le Furet ?

— Hum !... connais pas.

La pression du poignard se fait plus forte. L'hôtelier pousse un petit cri.

— Hé !... n'appuyez pas !... Oui, oui, je connais le Furet.

— Où est-il ?

— Je... je ne sais pas.

Fantômette fait mine d'enfoncer la pointe. L'homme recule, mais le poignard suit le mouvement.

— Arrêtez !... je vais vous le dire. Il est parti vers le quartier industriel, en compagnie de deux amis, un grand et un autre qui ressemble à une gravure de mode...

— Je connais. Bulldozer et le prince d'Alpaga. Où allaient-ils ?

— Ils parlaient d'un vieux dépôt...

— Très bien. Je vous conseille maintenant d'oublier ma visite. Sinon, je reviens et je vous réduis en marmelade. Dormez bien !

Elle rengaine son arme, file comme un missile. Nouvelle course à travers les rues de Framboisy, qui l'amène à proximité du dépôt où les trois hommes se sont réunis la veille. La jeune fille laisse son cyclomoteur à quelque distance et s'avance tranquillement vers le portail de fer. Elle s'assure, d'un coup d'œil, que la rue est déserte, franchit l'obstacle en deux secondes. Elle traverse la cour, entre dans le dépôt, monte l'escalier de bois sur la pointe des pieds. Tout est silencieux. Au premier étage, une porte qu'elle pousse. Elle aperçoit une pièce sommairement meublée, fait deux pas en avant...

Soudain, de manière inattendue, un voile noir lui tombe sur le visage tandis qu'elle se trouve soulevée de terre, puis maintenue solidement. Elle sent qu'on lui immobilise bras et jambes pour les attacher. Une voix grogne :

— Belle prise ! Ha, ha ! On est venu se jeter dans la gueule du loup ! Bulldozer, mets-la dans ce coin. Très bien. Enlève un peu le chiffon, qu'on voie la tête qu'elle fait...

Le voile noir est enlevé, et Fantômette se trouve en présence des trois évadés. Le Furet, à califourchon sur une chaise, lance des plaisanteries sur le mode ironique. Le grand Bulldozer, les poings sur les hanches, mâchonne un bout de cigarette éteint. Quant au prince d'Alpaga, il se polit les ongles en chantonnant un air d'opéra.

— Alors, ma chère, demande le Furet, que nous vaut l'honneur de votre visite ? Peut-être vouliez-vous bavarder un moment avec nous ? Comme c'est gentil ! Ou simplement nous tenir compagnie ?

Fantômette ne répond pas. Le bandit continue son petit discours d'accueil :

— Mais peut-être êtes-vous venue avec l'intention de partager notre modeste repas ? Nous allions justement nous mettre à table. Nous avons un panier, voyez-vous, avec un superbe poulet et quelques bonnes bouteilles de vieux bourgogne. Si le cœur vous en dit... Non ? Tant pis, nous déjeunerons sans votre concours.

Les trois bandits se mettent à table et dévorent à belles dents, levant de temps en temps leur verre à la santé de Fantômette qui reste immobile et silencieuse. Le grand Bulldozer agite ses vastes mâchoires en affirmant :

— Ce poulet est bien meilleur que les maudites lentilles de la prison !

L'élégant prince d'Alpaga pèle délicatement une pomme en levant le petit doigt, et le Furet, entre deux bouchées, se moque de la prisonnière.

— Regardez-moi cette jeune écervelée ! Ça se déguise en troubadour du Moyen Âge, ça veut jouer les redresseurs de torts, les justicières, les Don Quichottes... et ça se retrouve par terre ficelée, comme une andouille de Vire ! Ah ! elle a bonne mine, la Fantômette ! Au fait... il faudra qu'on lui offre une paire de lunettes...

— Pourquoi ? demande Bulldozer.

— Pour mettre sur son nez quand elle viendra chez nous. Elle ne s'est même pas rendu compte que nous l'avons aperçue au moment où elle franchissait le portail. Mais aussi, quelle idée d'escalader les murs ! Fi ! C'est un jeu de gamine... La prochaine fois, chère amie, sonnez donc à la porte !

Et les trois bandits se remettent à rire. Lorsqu'ils ont achevé leur repas, ils allument des cigares et se balancent sur leurs chaises, les pieds sur la table, comme le font – paraît-il – les milliardaires américains. Puis ils mettent au point les derniers détails de ce qui doit être, selon l'expression du Furet, « une vengeance éclatante ».

— Elle sera même plus qu'éclatante, elle sera explosante ! Fais voir cette chignole, Bulldozer... Bon. Avec ça, nous pourrons percer un joli trou dans le tuyau. Vous avez des bottes d'égoutier, une lampe électrique, une bougie ? C'est parfait ! Nous allons faire du bon travail... Mais l'heure de l'inauguration n'est pas encore venue. Si nous faisions une petite belote en attendant ?

L'idée est approuvée à l'unanimité. Les trois brigands débarrassent sommairement la table, sortent un jeu de cartes et se mettent à jouer en criant : « Belote ! » « Atout ! » « Dix de der ! » sans plus s'occuper de leur prisonnière.

Fantômette reste toujours immobile et muette. Elle réfléchit. Quels sont les projets des bandits ? Quel rapport existe-t-il entre une explosion et l'inauguration de la statue ? Et d'abord, pourquoi une explosion se produirait-elle ? Les bandits ne semblent disposer d'aucune bombe. Auraient-ils dissimulé quelque part de la dynamite ou du plastic ? Autant de questions auxquelles elle ne peut répondre.

La première partie de belote étant achevée, le Furet et ses complices en entament une seconde, puis une troisième. Quatorze heures. Quatorze heures trente. L'inauguration doit avoir lieu dans une demi-heure. Le Furet jette un coup d'œil sur sa montre.

— Dites donc, les enfants, il va falloir

y aller... Notre cher ami Barbemolle va bientôt présenter au peuple son immortelle effigie... qui ne restera pas longtemps en place ! Vous êtes prêts ?

Les trois hommes se lèvent de table, chaussent les bottes d'égoutier. Le Furet vérifie que les liens qui attachent Fantômette sont solides et lui dit :

— Jeune justicière de pacotille, nous vous laissons ici, en attendant que nous ayons terminé un petit travail. Tâchez d'être sage. À notre retour, nous nous occuperons de vous... Ha, ha !

Ils sortent de la pièce, tirent la porte derrière eux, et quittent le dépôt. Ils se dirigent d'un pas nonchalant vers la place Théodore-Théophile. Des Framboisiens et des Framboisiennes s'y rendent aussi, pour assister à l'inauguration. Arrivés à cent mètres de la place, les trois hommes s'arrêtent auprès d'une plaque d'égout. Le grand Bulldozer glisse le pouce dans le trou qui s'ouvre au centre de la plaque, et la soulève comme une galette. Un à un, les trois bandits s'introduisent par l'orifice qu'ils rebouchent derrière eux.

Cependant, la place se remplit de monde. Devant la statue – toujours recouverte de son voile – une estrade a été dressée, où se trouvent d'importants personnages : M. le maire et ses adjoints ; le notaire de Framboisy, maître Létude ; le président du Boulist Club ; la baronne de Saint-Glinglin ; le général Sinquétoil et le docteur Seringue. Ainsi que la grande Ficelle, la grosse Boulotte et Annie, toutes trois revêtues de leur costume de Fantômette. Et, bien entendu, M. Barnabé Barbemolle lui-même.

Lorsque trois heures sonnent, M. le maire se lève, salué par les acclamations de la foule, et commence à lire le discours spontané qu'il préparait depuis trois semaines. Nous ne pouvons le rapporter ici en entier, mais ce passage est très caractéristique :

— ... oui, mes amis, cette glorieuse cité célébrera d'un pied ferme et accueillera d'un bras magnanime un de ses plus chers fils, dont le courage et la probité tracent au plus profond de nos cœurs le salut fraternel qui cimentera le sillon magnifique d'une popularité indéfectible, unissant les ailes du progrès à la voûte de l'espérance, regardant l'avenir d'une oreille attentive, et conservant la mémoire de ces années futures...

Au bout de cinq minutes, l'honorable public se met à bâiller. Au bout de dix minutes, les trois quarts des spectateurs somnolent. Mais M. le maire continue imperturbablement à discourir sur les vertus de M. Barbemolle et les mérites de la ville. Tous ces braves gens ne se doutent pas qu'une effroyable tragédie se prépare sous leurs pieds.

À trois mètres sous terre, le Furet, Bulldozer et le prince d'Alpaga se préparent à faire sauter la statue et la place Théodore-

Théophile, et, par la même occasion, les gens qui s'y trouvent.

Bulldozer tourne énergiquement la poignée de la chignole dont la mèche s'enfonce dans une conduite de gaz d'éclairage. Le Furet l'encourage :

— Encore un petit effort, et le gaz va jaillir... Ça y est ? C'est percé ?

— J'y suis presque...

Le prince d'Alpaga tient d'une main une lampe électrique, et de l'autre ajuste son nœud de cravate. Le Furet se frotte les mains.

— Quelle bonne, quelle excellente idée j'ai eue là ! Foin de ces bombes dangereuses avec lesquelles on risque de se faire sauter le nez ! Il est bien plus simple de faire ce que nous faisons. Un petit trou... l'égout se remplit de gaz... et, boum ! Ça saute ! Je vous garantis que la statue du nommé Barnabé Barbemolle va voltiger dans les airs ! Et il y tient, à cette statue ! Je parie qu'il va s'envoler avec pour ne pas la lâcher ! Ha, ha !... Alors, il est fait, ce trou ?

— Voilà, ça y est !

Ça y est, en effet, mais, au lieu du gaz attendu, c'est un violent jet d'eau qui sort du trou en aspergeant copieusement les trois bandits. Surpris, le prince d'Alpaga laisse tomber la lampe électrique dans l'eau boueuse en lançant un juron. Le souterrain se trouve plongé dans l'obscurité. Le Furet ordonne :

— Récupère la lampe et rallume-la !

— Mais, chef, pour la récupérer il faut que je plonge la main dans cette eau noire... Je vais salir ma veste...

— Et que veux-tu que ça me fasse ? Quand on se promène dans un égout, on ne met pas un costume de diplomate !

— Vous aviez dit que nous ne risquions pas de nous salir...

— Ça suffit ! Repêche la lampe et tais-toi !

L'élégant prince doit se contraindre à

enfoncer le bras dans l'eau fangeuse. Il tâtonne pendant un bon moment, tandis que la conduite percée continue son arrosage. Il finit par remettre la main sur la lampe. Bien entendu, elle s'est éteinte. Le Furet grogne :

— Alors, tu la rallumes ?

— ... Je ne peux pas, chef, la pile a dû se mouiller...

— Eh bien, ouvre le boîtier et essuie-la !

— Avec quoi, chef ?

— Tu dois bien avoir un mouchoir, une pochette...

— J'ai une pochette, mais elle est en soie naturelle. Ce serait dommage de la salir pour faire ce travail...

— Je m'en soucie comme de ma première mitraillette ! Fais ce que je te dis !

À contrecœur, le prince d'Alpaga ouvre le boîtier de la lampe et essuie les contacts de la pile avec sa belle pochette de soie. La lumière revient.

— Tâchez maintenant de ne plus vous tromper ! Il faut vraiment n'être pas fin pour confondre une conduite d'eau avec une conduite de gaz...

— Ha, ha ! fait le grand Bulldozer, y a de l'eau dans l'gaz !

— Ah ! c'est bien le moment de plaisanter ! Allez, fais un trou dans ce tuyau !

Bulldozer met en place la chignole et recommence à tourner la poignée. Au bout de quelques secondes, un sifflement se fait entendre.

— Cette fois, ça y est ! Agrandis bien l'ouverture... C'est parfait ! Maintenant, éloignons-nous...

En pataugeant dans l'eau noire, les trois malfaiteurs font demi-tour et s'éloignent du lieu de leur sinistre exploit. Lorsqu'ils se trouvent sous la plaque d'égout, le Furet sort de sa poche une bougie, l'allume et la pose dans une anfractuosité de la paroi.

— Et voilà ! Quand le souterrain sera

plein de gaz, cette flamme provoquera l'explosion. Et maintenant, sortons en vitesse !

Bulldozer soulève la plaque et les trois hommes remontent à l'air libre. Là-bas, sur la place Théodore-Théophile, les haut-parleurs continuent de diffuser le discours du maire :

— ... oui, mes chers concitoyens, nous maintiendrons d'un pied ferme les voiles du progrès qui s'élancent sur la route de l'espoir, portant bien haut les bases d'une démocratie vigilante...

Le Furet et ses acolytes reprennent le chemin de la vieille fabrique. Le prince d'Alpaga se désole sur le triste état de sa garde-robe, mais, en revanche, son chef sifflote gaiement.

— Nous allons maintenant régler son compte à notre chère Fantômette. Décidément, la journée est fertile en distractions... Eh bien, prince, ne fais pas cette tête-là !

— Vous en avez de bonnes, vous ! Regardez un peu mon complet-veston ! Le teinturier n'arrivera jamais à lui redonner l'éclat du neuf...

— Bah ! tu en achèteras un autre. Et puis, quelle idée de vouloir toujours ressembler à un mannequin ! Regarde Bulldozer... Depuis dix ans que je le connais, il porte toujours le même chandail usé et le même pantalon rapiécé.

— C'est vrai, dit Bulldozer, et je ne voudrais pas les changer pour une barrique de bourgogne !

Les trois bandits arrivent à leur quartier général, traversent la cour et entrent dans le bâtiment. Le Furet ricane :

— J'espère que notre jeune amie a été bien sage pendant notre absence...

Ils montent l'escalier, poussent la porte.

Fantômette est toujours allongée sur le sol, immobile.

— C'est parfait ! Je vois qu'on nous attend tranquillement. Vous aurez droit à un bon point et une sucette. Et maintenant, mes chers amis, il s'agit de décider ce que nous allons faire d'elle. Avez-vous une solution à proposer ?

— Moi, dit Bulldozer, je vais l'aplatir avec mes poings !

— Ce n'est pas élégant, dit le prince. Ne pourrions-nous plutôt l'envelopper dans un drap de soie brodée, et l'immerger doucement dans l'Ondine ?

Le Furet secoue la tête.

— Non. Ce genre de fin serait beaucoup trop agréable. Voici ce que j'ai imaginé. C'est un mélange de supplice chinois et de torture du Moyen Âge. Voilà, nous allons...

Une déflagration ébranle le sol et fait vibrer les carreaux : BOUM !

Le Furet éclate de rire.

— Ça y est ! ça a réussi ! Vous avez entendu cette explosion ? Envolée, la statue ! En fumée, l'estrade de MM. les Officiels ! En compote, notre ami Barnabé Barbemolle ! Ha, ha ! Voilà qui lui apprendra à taper sur les honnêtes cambrioleurs qui viennent gentiment lui rendre visite !

Belle journée, messieurs, belle journée ! Ha, ha !

Les trois bandits se tordent de rire. Le prince d'Alpaga oublie la mésaventure survenue à son complet pour pousser des gloussements réjouis, le grand Bulldozer est plié en deux et le Furet se tient les côtes ! Mais le plus extraordinaire, le plus fantastique, c'est que Fantômette rit aussi, comme une petite folle !

Le Furet découvre soudain cette hilarité, observe avec stupeur cette jeune fille qui vient d'entendre l'annonce de la catastrophe et sa condamnation à mort, et qui pouffe de rire en montrant joyeusement ses dents blanches !

Le bandit hurle :

— Qu'est-ce qui vous prend ? Pourquoi riez-vous ? La peur vous a dérangé l'esprit ? Hein ?

— Ha, ha ! Taisez-vous, affreux bonhomme ! Hi, hi ! vous allez me rendre malade ! Ha, ha !

— Elle est devenue folle !

— Hi, hi ! Non, je ne suis pas folle ! Mais quand je vous entends dire que la statue a sauté, je ne peux pas m'empêcher de rigoler... excusez-moi ! Ha, ha ! Hi, hi !

Les trois bandits serrent les poings, furieux et inquiets à la fois. Que se passe-t-il donc ? Quelle est la cause de cette étrange bonne humeur ? Le Furet se penche sur la prisonnière et demande, d'une voix sourde :

— Qu'y a-t-il ? Pourquoi cette gaieté ? Vous avez entendu l'explosion, n'est-ce pas ? Nous avons percé une conduite de gaz...

— Oui, m'sieur.

— Nous avons allumé une bougie...

— Oui, m'sieur.

— ... et quand l'égout s'est trouvé rempli de gaz, tout a sauté...

— Non, m'sieur.

— Comment, non ?

— L'égout n'a pas sauté, parce que le gaz ne l'a pas rempli.

— Comment ! Et pourquoi ?

— Parce que le gaz a été coupé.

— Quoi ? Qu'est-ce que vous dites ?

— Je dis que quelques secondes après que vous avez percé votre fameux trou, quelqu'un a tourné un robinet dans l'usine à gaz qui se trouve près d'ici. Par conséquent l'égout ne contient que de l'air parfaitement inoffensif.

— Mais alors... cette explosion ?

— Vous n'êtes pas au courant ? C'est Sa Majesté Carnaval que l'on vient de faire sauter. Il avait la panse bourrée de pétards...

— Mille tonnerres !

Les trois bandits semblent subitement anéantis. Le Furet tente de rassembler ses esprits. Il doute encore :

— Qui donc aurait coupé le gaz ? Qui était au courant de notre projet ?

— Moi. Vous aviez préparé des bottes

d'égoutier, une bougie, une chignole, et vous aviez parlé d'explosion. J'ai deviné que vous alliez faire sauter une conduite de gaz. Donc, je suis allée faire un tour à l'usine dès que vous êtes sortis d'ici, et j'ai fermé toutes les vannes qui me sont tombées sous la main. Par parenthèse, toute la ville doit se trouver, en ce moment, privée de gaz, mais ce n'est qu'un détail.

— Allons, allons ! Vous vous moquez de nous ! Pour faire tout cela, il aurait fallu que vous puissiez sortir d'ici. Et nous vous avons attachée.

— Vous m'avez attachée, c'est vrai. Mais vous n'avez pas eu l'idée de m'ôter la broche en forme de F qui agrafe ma cape. Vous êtes d'ailleurs excusables d'ignorer qu'elle est creuse, et qu'elle contient une petite lame d'acier bien aiguisée. Regardez, en la mordant, elle s'ouvre toute seule, et c'est un jeu de couper les cordes en la tenant entre les dents. C'est donc ce que j'ai fait. Je me suis libérée, j'ai été fermer le gaz, et je suis revenue.

— Cependant, vous êtes toujours attachée...

— Croyez-vous ?

Et Fantômette, sous les regards stupéfaits des trois bandits, se lève en écartant largement les bras.

— Nom d'un pétard ! crie le Furet, elle n'est pas attachée !

Il se précipite sur Fantômette, mais celle-ci, agile comme un jeune chat, bondit par-dessus la table et tire son poignard. Elle annonce :

— Et maintenant, mesdames et messieurs, vous allez assister à un combat historique : Fantômette contre la société Furet et compagnie ! La gentille mignonne contre les vilains méchants ! À qui le tour ? Au premier de ces messieurs !

Fantômette se tient d'un côté de la table, sautant d'un pied sur l'autre comme un boxeur qui attend une attaque ; les trois bandits sont du côté opposé et se rapprochent lentement, à demi courbés, décidés à en finir rapidement avec leur frêle adversaire. Le grand Bulldozer s'empare d'une bouteille vide et la projette de toutes ses forces en direction de la jeune fille. Fantômette s'aplatit sur le sol et la bouteille passe bien au-dessus de sa tête en s'écrasant contre le mur. Fantômette sourit.

— Première pièce... raté ! Artilleur Bulldozer, rectifiez le pointage... attention !... deuxième pièce...

Bulldozer envoie une autre bouteille.

— ... Encore raté ! Sapristi ! Mais il manquerait un éléphant dans un couloir ! Troisième pièce... non, il n'y a plus de munitions ?

Exaspéré, Bulldozer se rue en avant et empoigne Fantômette à bras-le-corps. À peine l'a-t-il saisie qu'il doit la lâcher en poussant un hurlement : elle lui a pincé le nez entre le pouce et l'index en le tordant violemment. Le Furet et le prince d'Alpaga se précipitent. Fantômette touche le bras du prince d'un coup de poignard et lance son talon sur le menton du Furet, mais bientôt elle succombe sous le nombre. Aussi habile qu'elle puisse être, une jeune fille ne peut espérer tenir tête à trois hommes résolus dont un est un véritable colosse. Cependant, cette infériorité ne paraît nullement l'émouvoir. Pendant qu'on l'attache de nouveau, elle abreuve les trois bandits de quolibets et de railleries :

— Attention, ne serrez pas trop les ficelles, ça va me gêner pour rire ! Qu'est-ce que vous faites, comme nœud ? Un nœud marin ? Non, même pas ! Quel empoté ! Dites donc, le Furet, qu'avez-vous inventé comme supplice chinois ? Vous allez me faire bouillir dans une grande marmite ou me chatouiller les doigts de pied avec une plume de paon ?

— Silence ! grogne le Furet.

— Ah ! non. Je veux bien qu'on m'attache et qu'on me fasse cuire, mais si en plus je dois me taire, alors je proteste ! Et d'abord je vais demander mon inscription à la Société protectrice des Fantômettes. Ah ! je pense à une chose... votre bougie, elle est toujours en train de brûler dans l'égout, pour rien. Vous devriez aller la chercher et l'éteindre. Non ? Vous la laissez se consumer inutilement ? Ce que vous pouvez être gaspilleurs, tout de même !

— Assez !

— Je commence à avoir faim. Je n'ai rien pris depuis ce matin. Il ne reste pas un petit bout de poulet ! Non ? Ce goinfre de Bulldozer a tout avalé ? Quel glouton !

— Taisez-vous ! Je vous jure bien que nous allons vous faire passer le goût du poulet, et définitivement !

— C'est passionnant ! Comment allez-vous donc vous y prendre ? Revolver ? Canon de 75 ?

— J'ai un pistolet, mais ce serait trop

bruyant. Je vais tout simplement me servir de votre poignard.

— Ah ! Excellente idée ! Toutefois ne l'abîmez pas. C'est un souvenir personnel. Un cadeau que m'a fait le signor Maccheroni, duc de Florence, prince de Bénévent et seigneur d'autres lieux. Je l'avais débarrassé d'un vilain cambrioleur. Qui vous ressemblait, d'ailleurs.

— Assez ! Bulldozer, Alpaga ! Tenez-la bien ! Et fermez-lui la bouche. Il ne faut pas qu'on l'entende crier.

— Je crierai si je veux !

Bulldozer plaque sa main sur la bouche de Fantômette, et le Furet s'approche, le poignard à la main.

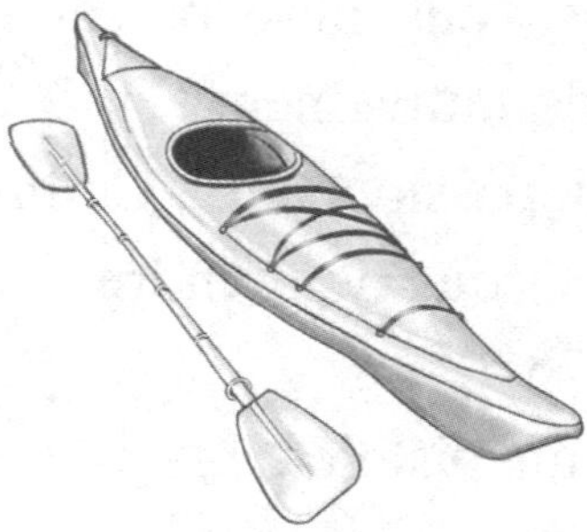

chapitre 9

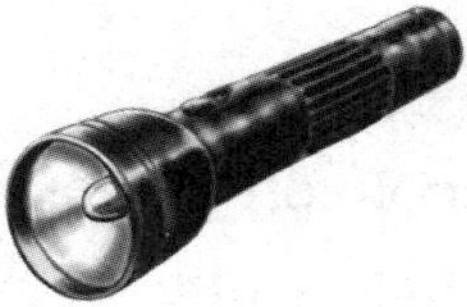

Le combat final

— J'entends un froissement de feuilles... j'épaule, je vise et j'attends... Devinez ce que c'était, brigadier Pivoine ? Un faisan de toute beauté. Je tire : Pan ! Je le rate... Je lâche mon second coup : Pan !

— À côté !

— Vous l'avez dit, brigadier ! Et pourtant, je n'étais pas à dix mètres de l'oiseau. C'est la malchance !

Le téléphone sonne, interrompant le récit des exploits cynégétiques[1] du gendarme Lilas. Le brigadier décroche l'appareil et écoute.

1. Affreux mot désignant ce qui se rapporte à la chasse.

— Allô ?

— ...

— Ho, ho ! Gendarme Lilas, c'est encore Fantômette !

— ...

— Diable ! Elle a découvert le repaire du Furet et de sa bande... une vieille fabrique dans le quartier industriel.

— C'est urgent ? Bien, nous y allons tout de suite ; le temps d'appeler du renfort.

Le brigadier Pivoine raccroche et se lève en bouclant son ceinturon.

— Cette fois-ci, c'est sérieux ! Je veux bien être changé en moulinette à légumes si nous ne mettons pas la main au collet du Furet ! Pour un coup, il ne doit pas nous échapper. Vous êtes prêt, gendarme Lilas ?

— Prêt ! Indubitablement, brigadier Pivoine.

— Alors, allons-y. Pendant que vous sortez la fourgonnette, j'appelle du renfort à la caserne.

Dix minutes après, le véhicule se met en route, suivi par un car bondé de gendarmes. Le brigadier prend bien soin de ne pas faire fonctionner la sirène, afin de ne pas donner l'alarme prématurément. Les deux véhicules s'arrêtent silencieusement devant le portail du dépôt, et les gendarmes se glissent dans la cour sur la pointe des clous. Ils entendent alors l'éclatement de Sa Majesté Carnaval, mais cela ne les émeut pas, car ils sont au courant de cet événement. Ils poursuivent leur approche silencieuse, entrent dans le dépôt. Le brigadier Pivoine monte l'escalier, pistolet au poing, en retenant son souffle. Arrivé sur le palier, il écoute. Derrière lui, le gendarme Lilas et une douzaine d'hommes armés se sont arrêtés. Une voix filtre à travers la porte : « Fermez-lui la bouche ! Il ne faut pas qu'on l'entende crier ! » Une voix féminine répond : « Je crierai si je veux ! » Le brigadier Pivoine se retourne vers ses hommes et commande :

— Allons-y ! En avant !

Il ouvre la porte d'un coup violent et ordonne :

— Les mains en l'air ! Que personne ne bouge !

— Bravo ! dit Fantômette, votre arrivée est théâtrale... à la dernière seconde ! Entre nous, vous ne croyez pas que vous auriez pu venir un peu plus vite ? Mais je vous félicite tout de même. Grâce à vous, je vais pouvoir continuer de courir après les bandits. Maintenant, si c'était un effet de votre bonté... de vouloir bien me détacher ?

— Bien sûr ! Tout de suite...

Il s'avance pour couper les liens de la jeune fille, pendant que le gendarme Lilas passe les menottes au grand Bulldozer. Un troisième gendarme saisit le prince au collet. Deux autres hommes veulent entrer à leur tour, mais se précipitent en même temps et se bousculent à la porte. Il y a une seconde de confusion dont le Furet profite aussitôt pour sauter sur l'appui d'une fenêtre, défoncer les carreaux d'un coup d'épaule et se jeter dans la cour. Fantômette crie :

— Arrêtez-le ! Mille diables ! Il va encore se sauver !

— Non, dit le brigadier, mes hommes sont dans la cour...

On entend un coup de feu, suivi d'un autre. Puis une rafale de mitraillette, des cris, un bruit de galopade. Encore à demi attachée, Fantômette se met à la fenêtre. La cour est envahie par des gendarmes qui se ruent vers l'extrémité du bâtiment en tirant au jugé.

— Il s'est sauvé par cette petite porte, là-bas au fond !

— On va le rattraper !

— Vite ! il faut cerner le bâtiment !

Fantômette tente de descendre par l'escalier, mais il est encore encombré. Elle fait demi-tour et suit le chemin qu'a pris le bandit, en sautant par la fenêtre. Puis elle se lance dans un sprint de grande classe, en direction de la petite porte où elle s'engouffre. Elle se trouve dans un hangar vide. Au fond du hangar, une autre porte, ouverte. Quand Fantômette en franchit le seuil, c'est pour constater qu'elle donne sur une rue déserte. Aucune trace du fugitif. Les gendarmes arrivent sur ses talons pour faire la même constatation.

Une fois de plus, le Furet s'est envolé !

— Telle la plume au vent, cette statue flottera dans le feu ardent de nos âmes, imprimant sur le souffle de la gloire la lumière de nos cœurs...

— C'est beau, dit Ficelle, mais c'est long.

— Oui, dit Boulotte en suçant un caramel, ça commence à devenir longuet, ce petit discours...

— Si encore on comprenait ce que ça veut dire...

— Justement, les belles choses, il ne faut pas chercher à les comprendre...

La grande Ficelle, Boulotte et Annie, toujours déguisées en Fantômette, sont assises dans la tribune d'honneur, entre maître Létude et la baronne de Saint-Glinglin.

— Si j'avais su, murmure Annie, j'aurais demandé à papa de me dispenser de cette corvée !

— Il ne savait peut-être pas que ce serait si long, dit Ficelle.

— Ça me rappelle la distribution des prix !

M. Barnabé Barbemolle est assis à la place d'honneur, au centre de la tribune, et écoute gravement. Le maire est debout sur un petit kiosque en bois ressemblant à ceux qu'emploient parfois les agents de police pour régler la circulation des carrefours. D'une main, il tient un papier sur lequel est écrit son discours spontané, et de l'autre il maintient en place une paire de binocles qui ont une fâcheuse tendance à vouloir tomber. Devant la tribune, la statue sous son drap. Tout autour, une foule qui est bien contente d'être là, mais commence à montrer quelques signes d'impatience.

Finalement, dans une grande envolée lyrique, M. le maire s'écrie :

— Je te salue, Barnabé Barbemolle !

Un employé de la mairie tire sur la ficelle qui doit libérer le drap. Mais, malheureusement, il doit y avoir un petit défaut technique, car le drap reste en place. L'employé se bat un moment avec la ficelle, puis fait signe que le désordre est réparé. M. le maire répète la formule :

— Je te salue, Barnabé Barbemolle !

Et le drap glisse à terre, dévoilant l'effigie de pierre. Il y a comme un « oh ! » de surprise dans la foule, quelques exclamations, deux ou trois rires, puis une tempête d'applaudissements.

Le chef-d'œuvre du sculpteur Miquelange Molitor ressemble à peu près autant à M. Barbemolle qu'un casse-noisettes à un hélicoptère. Toutefois on sait que l'art moderne permet aux artistes d'interpréter largement les sujets qui leur sont proposés. De nos jours, on voit fréquemment des tableaux où les arbres sont bleus, le ciel vert et les citrons mauves. Une sculpture représentant un œuf peut sans inconvénient être baptisée saxophone. La statue de M. Barbemolle suit ce principe. Le personnage juché sur le socle a l'allure d'un Martien indiquant la direction de sa planète à un astronaute.

Mais telle qu'elle est, la statue plaît beaucoup au public des Framboisiens, ainsi qu'au directeur de la manufacture qui se lève pour remercier le maire en quelques mots très simples. La tribune est alors évacuée, au grand soulagement des trois filles qui commencent à avoir des fourmis dans les jambes. Ficelle dit à mi-voix :

— Je connais quelqu'un qui a été assez malin pour couper à la corvée.

— Qui donc ? demande Boulotte.

— Françoise. Elle a promis de venir

nous rejoindre avant l'inauguration, et elle s'en est bien gardée. C'est une petite futée. Oh ! regarde ! voilà les chars qui s'en vont...

Effectivement, le moulin des boulangers, le cochon des charcutiers, le soulier des cordonniers s'animent. Ils font une fois le tour de la place, puis disparaissent, en route vers leur destin qui les voue à la démolition. Seul reste encore en place le magnifique char de Sa Majesté Carnaval. Une mèche est allumée, et l'énorme roi de carton peint explose avec force bruit, lançant dans les airs une pluie de confettis. Il y a un instant de silence, qui est rompu par un orchestre musette. Jusqu'au soir, jusqu'au feu d'artifice qui doit clore les festivités, les Framboisiens et les Framboisiennes vont danser. Le carnaval vit ses dernières heures.

La grande Ficelle se tourne vers ses amies et leur demande :

— Maintenant, qu'allons-nous faire ?

Moi, je ne sais pas danser. Et puis je préfère la fête foraine.

— Si on faisait un tour de manège ? propose Annie.

— Bah ! C'est bon pour les bébés comme toi !

— Allons plutôt acheter des nougats, suggère la grosse Boulotte, qui ne perd jamais une occasion de remplir son estomac.

— Attendez, dit Ficelle, j'ai une meilleure idée. Si nous avons assez d'argent à nous trois, nous pouvons nous offrir un tour sur les autos tamponneuses.

On fait le compte des finances communes.

— Ça va très bien ! On peut prendre un abonnement de cinq tours à prix réduit !

Le projet automobiliste des trois amies est réduit à néant par l'arrivée d'une jeune fille juchée sur un cyclomoteur rouge et blanc, qui est vêtue d'un costume style Fantômette.

— Voilà Françoise ! s'écrie la grande Ficelle. Où donc étais-tu passée ?

— Aucune importance. Dites-moi, vite. M. Barbemolle est ici ?

— Oui, répond Annie, papa est en compagnie de M. le maire et du général Sinquétoil. Je viens de les voir entrer au café du Commerce. Papa a dit qu'ils allaient fêter l'inauguration en prenant une coupe de champagne.

— Bon. Voilà qui est rassurant.

— Rassurant ? Pourquoi ?

— Parce que... je ne peux pas tout vous raconter en détail, mais sachez que le Furet est en liberté, et je crains qu'il ne veuille se venger de M. Barbemolle.

Ficelle hausse les épaules.

— Décidément, c'est une idée fixe ! Il me semble que tu es obsédée par cette vengeance du Furet ! Viens plutôt faire un tour sur les autos tamponneuses...

— Non, attendez une seconde... Annie, la manufacture de mirlitons est fermée ?

— Bien sûr. C'est aujourd'hui dimanche.

— Il n'y a donc personne dedans ?

— Si, le concierge. À moins qu'il ne soit en train de se promener...

— Allons voir. Il nous suffit de traverser la place.

Ficelle grogne :

— Qu'est-ce qui lui prend ? Qu'a-t-elle encore inventé ?

Françoise, sans prononcer un mot, entraîne ses amies à travers la place Théodore-Théophile. La porte d'entrée de la manufacture se trouve ouverte.

Françoise se tourne vers Annie :

— Est-il normal que cette porte soit ouverte ? Tu m'as dit que, le dimanche, la manufacture était fermée.

— Peut-être que le concierge est sorti...

— En oubliant de fermer derrière lui ?

— Heu... je ne sais pas.

— Tu ne sais pas ? Eh bien, voilà qui me paraît assez louche. Entrons !

Les quatre Fantômettes pénètrent dans le bâtiment. La loge du concierge est vide.

— Donc, constate Françoise, le concierge a quitté les lieux en oubliant de refermer la porte derrière lui ?

— Oui, c'est vrai, reconnaît Annie.

— Très bien. Allons jeter un coup d'œil à l'intérieur des bâtiments.

— Pourquoi ?

Sans répondre, Françoise sort de la loge et s'engage dans un couloir qui conduit au cœur de la manufacture.

Annie connaît parfaitement les lieux, mais c'est un monde inconnu qui s'ouvre devant les yeux de ses trois amies. Il y a d'abord l'odeur. Une odeur de carton, de colle, de peinture. Puis la vision de montagnes de papiers, d'innombrables rouleaux de rubans ; des caisses bourrées de papier crépon, des piles de masques, des sacs pleins à ras bord de confettis ; des colonnes constituées par des chapeaux pointus emboîtés les uns sur les autres. Des boîtes en carton numérotées ; des paquets, des ballots, des pots multicolores. Des planches à dessin dans un bureau d'étude ; des modelages, des plâtres dans un atelier de sculpture. Une presse à emboutir et une étuve dans la section des masques de Mardi gras ; des croquis épinglés aux murs, des mannequins en bois, en fil de fer...

Un univers étrange.

La grande Ficelle plisse son front et grommelle :

— Je ne vois pas du tout ce que nous sommes venues faire ici ! Il n'y a pas plus de saboteur que d'oranger en Écosse !

— Chut ! fait Françoise en posant un doigt sur ses lèvres.

Les quatre filles écoutent. La manufacture est parfaitement silencieuse.

— On n'entend rien ! dit Ficelle.

— En effet, on n'entend rien. Mais sentez cette odeur...

On hume l'air en reniflant fortement. Annie fronce les sourcils :

— Je sens une vague odeur de brûlé.

— C'est exact, dit Françoise, quelque chose est en train de brûler. Venez par ici...

Elles entrent dans un vaste atelier qui doit être consacré à la fabrication des pièces pyrotechniques. Des piles de boîtes portent la mention « Pétards » ou « Feux de Bengale ». Des paquets de fusées s'entassent, liées en faisceaux. Sur le seuil de la porte, Françoise arrête ses amies.

— Regardez... là, au fond !

Des flammes rougeâtres, de la fumée...

Françoise fait un pas en avant, aussitôt un ordre retentit, lancé par une voix d'homme :

— Halte ! Restez où vous êtes !

Les quatre filles s'immobilisent. Elles aperçoivent alors, à l'autre bout du local, une silhouette qui les menace d'un pistolet.

— Le Furet ! gémit la grande Ficelle.

— Oui, répond l'homme, le Furet en personne. Que venez-vous faire ici ?

— Et vous-même ? demande Françoise.

Le bandit ricane :

— Cela se voit, je pense ?

— En effet. N'ayant pu faire sauter la statue de M. Barnabé Barbemolle, vous vous attaquez à sa manufacture de mirlitons. Et vous profitez du fait qu'elle est vide pour y mettre le feu.

— Vous l'avez dit, jeune déguisée ! Mais la manufacture n'était pas tout à fait vide.

— Je suppose que vous avez éloigné le concierge sous n'importe quel prétexte.

— C'est exact. Je lui ai téléphoné que sa grand-mère était gravement malade, et il a donné dans le panneau. Dès qu'il est sorti, je suis venu ici.

Il jette un coup d'œil vers les flammes qui dévorent des rouleaux de papier et dit :

— Tout est combustible, dans cette manufacture. Ce ne sont que des papiers, des cartons. Tout va brûler et le petit père Barbemolle va se trouver ruiné du jour au lendemain. Quant à vous... je vous conseille de déguerpir rapidement !

— Vous êtes un méchant monsieur ! s'exclame Annie.

Pour toute réponse, le bandit hausse les épaules. Il jette un ordre :

— Demi-tour ! Sortez d'ici !

Boulotte, Ficelle et Annie esquissent déjà un mouvement de retraite. Françoise les arrête en levant la main. Puis elle prononce à voix basse :

— Vite ! défaites un paquet de fusées...

— Mais, proteste Ficelle, pourquoi ? Que veux-tu faire ?

— Dépêche-toi, ne discute pas !

Les filles défont rapidement le fil de cuivre qui lie un faisceau de fusées. Françoise en prend une et tire d'une petite poche un briquet à gaz, qu'elle allume. À l'autre bout de la pièce, le bandit s'inquiète. Il crie :

— Hé là ! Qu'est-ce que vous faites ?

Françoise allume la mèche de la fusée

et la pointe vers le Furet. La fusée s'enflamme, fait pschchch ! et bondit vers le bandit, qui pousse un cri. Il se produit un éclatement, une gerbe d'étincelles et un nuage bleuâtre...

— Vite ! d'autres fusées !

À toute vitesse, Françoise balaie avec la flamme de son briquet une douzaine de mèches. Lancés comme des projectiles de bazooka, les engins sillonnent le local et explosent contre le bandit qui se protège le visage en repliant ses bras.

— À l'assaut ! À l'assaut ! crie Françoise en courant vers son adversaire.

Le Furet, aveuglé par la fumée, recule d'un pas en levant son pistolet. Il tire au hasard, devant lui. Françoise avance toujours, mais ses amies s'arrêtent, effrayées. Elle les encourage :

— En avant ! On le tient !

— Pas encore ! crie le bandit en faisant feu une nouvelle fois.

La situation devient terriblement dangereuse. Françoise a soudain une inspiration. Avisant un grand sac rempli de confettis, elle y plonge les mains et en projette une grosse poignée sur la figure du Furet.

— Vite ! Faites comme moi !

En une seconde, Ficelle, Boulotte et Annie comprennent ce qu'il faut faire. Elles puisent dans le sac et jettent à tour de bras les pastilles de papier au visage du bandit qui grogne et menace en essayant vainement d'y voir clair. Il est sur le point de se dégager, quand Françoise, qui vient de soulever une grosse tête en carton représentant Mickey, l'en coiffe en l'enfonçant de haut en bas, de toutes ses forces. Étouffé, paralysé, le Furet se débat un moment, mais la grosse Boulotte lui fait un énergique croc-en-jambe qui l'étale de tout son long. Alors, une voix crie :

— Tenez bon, j'arrive !

Et à l'autre extrémité du local, on voit apparaître M. Barbemolle qui arrive au pas de course, suivi par le concierge. Il plonge sur le bandit dont il immobilise les jambes, tout en criant au concierge :

— Vite ! décrochez l'extincteur qui est dans le couloir et arrosez ces flammes ! Et vous, mesdemoiselles les Fantômettes, passez-moi donc cette pelote de cordelette, que je puisse ficeler notre Furet comme il le mérite.

En un instant, les flammes sont étouffées sous un nuage de mousse carbonique, et le bandit se trouve soigneusement ligoté.

— On lui enlève sa tête de Mickey ? demande Ficelle.

— Non, laissons-la-lui. Il a l'air tellement gentil avec ça !

Le petit groupe sort de la manufacture et débouche sur la place en faisant sensation. En premier s'avance le Furet, sous sa tête en carton, suivi de M. Barbemolle, qui le tient sous la menace du pistolet. L'escorte est composée des quatre Fantômettes, qui encadrent les deux hommes en marchant au pas cadencé. L'ensemble est si pittoresque que la population, croyant qu'il s'agit d'une nouvelle attraction, applaudit à tout rompre !

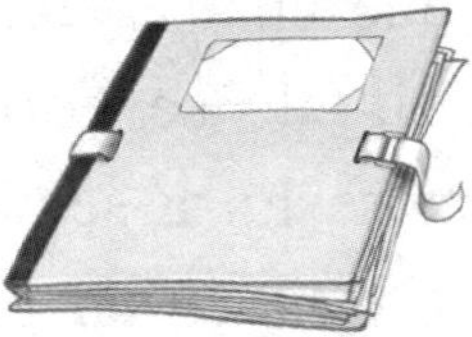

Épilogue

Une vive agitation règne dans les locaux de la gendarmerie. Le brigadier Pivoine se gratte le front en interrogeant M. Barbemolle, et le gendarme Lilas tire la langue en rédigeant son rapport. Le directeur de la manufacture est accompagné par le concierge et par les quatre filles.

— Vous disiez donc, monsieur Barbemolle ?

— Je disais que je me trouvais au café du Commerce, en compagnie de M. le maire, lorsque mon concierge, ici présent, est venu me signaler un fait étrange. On venait de lui dire par téléphone que sa grand-mère était malade. Il s'est précipité chez lui, pour constater que sa grand-mère était en train de tricoter une chaussette, le chat sur ses genoux, et qu'elle se portait comme un charme. La chose lui a semblé tellement louche qu'il est venu m'en parler. J'ai aussitôt compris qu'on l'avait éloigné de sa loge pour pouvoir pénétrer dans la manufacture. Qui ? Le Furet, évidemment. Aussitôt, je suis entré dans le bâtiment, où j'ai trouvé ces jeunes personnes aux prises avec le bandit.

— Diable ! Elles jouaient un jeu dangereux !

— En effet. Mais, apparemment, elles n'ont pas peur de grand-chose, car elles l'avaient à moitié brûlé avec des fusées et aux trois quarts asphyxié avec des confettis.

Ficelle se rengorge.

— Quand on porte le costume de Fantômette, on n'a peur de rien !

— Bravo, dit le brigadier Pivoine, je vous félicite ! Ensuite, que s'est-il passé ?

— Eh ! vous le savez aussi bien que moi ! Nous vous avons livré le Furet soigneusement ficelé.

— C'est juste.

— Nous pouvons disposer ?

— Attendez. Nous avons encore quelques petites formalités à régler. Voyons... d'abord, qu'allons-nous faire de cette tête de Mickey ?

— Je vous en fais cadeau !

— Hum... nous allons la garder, en effet. Cela servira de pièce à conviction lors du procès. Je vais vous faire un reçu. Nous garderons également la ficelle avec laquelle vous aviez attaché le bandit. Je vous ferai un autre reçu. Mais il me faut surtout les témoignages écrits et signés des jeunes filles qui vous accompagnent. Remarquez que cela ne presse pas, ça pourra être fait dans le courant de la semaine. En attendant, je vais vous demander vos identités. Voyons...

Il prend une feuille de papier, un crayon à bille et s'apprête à écrire. Il s'adresse à la grande Ficelle.

— Voyons, vous, mademoiselle, comment vous appelez-vous ?

Ficelle sourit et répond :

— Fantômette.

Le brigadier sursaute et hoche la tête en souriant.

— Je ne vous demande pas un surnom, mais votre nom véritable.

— Eh bien, je vous l'ai dit : Fantômette.

Le brigadier se met à rire et se tourne vers Annie :

— Et vous, comment vous appelez-vous ?

— Moi ? Fantômette.

— Hum !... hum !... et vous ?

Il pointe un doigt vers Boulotte.

— Moi ? Oh ! moi, je m'appelle Fantômette.

— Bien, bien. Et je suppose que la quatrième s'appelle Fantômette également ?

— Vous l'avez dit, répond Françoise.

M. Barbemolle se retient pour ne pas éclater de rire. Le brigadier se gratte le front une fois de plus, puis il balaie l'air d'un geste insouciant et déclare :

— Après tout, peu importe qui a arrêté le Furet ! Que ce soit Fantômette, Pichenette ou Saperlipopette, moi, ça m'est égal. Ce qui compte, c'est qu'il soit sous les verrous...

— Et qu'il y reste ! ajoute Françoise.

— Oh ! ça non plus, ce n'est pas mon affaire ! Cela regarde M. Mastock, le directeur de la prison. Je ne sais pas s'il arrivera à conserver comme pensionnaire ce Furet qui vous glisse entre les doigts comme une anguille, mais, puisque le prochain carnaval n'aura lieu que dans un an, je suppose donc qu'il le gardera au moins jusqu'à l'année prochaine. Bon, eh bien, je n'ai plus besoin de vous pour l'instant ; je vous remercie.

Le petit groupe quitte la gendarmerie. M. Barbemolle retourne à la manufacture en compagnie du concierge, et les quatre filles se dirigent en bavardant vers la place de la Mairie. Le soir tombe. Les lampions sont allumés, guirlandes colorées tendues entre les arbres. Les orchestres rivalisent d'entrain pour attirer les danseurs.

— Alors, dit Boulotte, on va les acheter, ces nougats ?

— Nous devions faire un tour de manège ! dit Annie.

— Non, dit Ficelle, aux dernières nouvelles, il était question d'aller sur les autos tamponneuses.

— Vous ne voulez pas plutôt faire un peu de tir à l'arc ? demande Françoise.

— Oh ! non. Ce n'est pas un jeu pour les filles. Et puis... attendez ! il me vient une idée...

La grande Ficelle pose un index sur sa tempe.

— Je vais faire une conférence de presse. Vous savez, quand quelqu'un a fait quelque chose, il convoque les journalistes et il leur raconte des tas de trucs.

— Et tu en connais, toi, des journalistes ?

— Non, mais je vais rassembler toutes nos camarades, je vais monter sur une caisse et leur expliquer.

— Leur expliquer quoi ?

— Comment j'ai capturé le Furet.

— Ah ? parce que c'est toi qui...

— Oui.

Françoise sourit.

— En somme, si je comprends bien, tu es une fille dans le genre de Fantômette ?

La grande Ficelle fait une moue dédaigneuse.

— Fantômette ? Peuh ! Si je voulais m'en donner la peine, je n'aurais pas de mal à faire mieux qu'elle ! Qu'est-ce qu'il faut pour être une justicière dans son genre ? Du courage, du flair et de l'intelligence. Eh bien, j'ai toutes ces qualités, n'est-ce pas ?

— C'est bien vrai, approuve Françoise, et, en plus, tu es d'une modestie proverbiale. Ma chère, je me sauve. L'éclat de ta gloire m'éblouit les yeux.

— Hé ! Où vas-tu ? Au tir à l'arc ?

— Non, le tir à l'arc c'est trop sérieux pour moi. Je vais m'amuser à surveiller le Furet pour être sûre qu'il ne s'évadera pas une fois de plus !

Table

1. Il court, le Furet 7
2. Le carnaval de Framboisy 13
3. Bulldozer et le prince d'Alpaga 31
4. Miss Fantômette 45
5. Travail nocturne 61
6. L'extraordinaire évasion 65
7. Ficelle capture le Furet 85
8. Prisonnière ! 95
9. Le combat final 125
Épilogue 147

Tourne vite la page pour découvrir les autres aventures de Fantômette en Bibliothèque Rose !

Les as-tu tous lus ?

Les exploits de Fantômette

Fantômette et le trésor du pharaon

Fantômette et l'île de la sorcière

Fantômette et son prince

Les sept Fantômettes

Fantômette et la maison hantée

Fantômette contre le géant

Fantômette et le Masque d'Argent

Fantastique Fantômette

Fantômette
et le Dragon d'or

Fantômette
et le magicien

Opération Fantômette

Hors-série
Les secrets de Fantômette

hachette s'engage pour l'environnement en réduisant l'empreinte carbone de ses livres. Celle de cet exemplaire est de :
500g éq. CO_2
Rendez-vous sur www.hachette-durable.fr

PAPIER À BASE DE FIBRES CERTIFIÉES

Photogravure Nord Compo - Villeneuve-d'Ascq

Imprimé en Roumanie par G. Canale & C. S.A.
Dépôt légal : mai 2015
Achevé d'imprimer : avril 2015
19.2230.7/01 – ISBN 978-2-01-180972-8
Loi n° 49956 du 16 juillet 1949
sur les publications destinées à la jeunesse